KB163073

문호 스트레이독스 BEAST

서로 좀처럼 타인에게 보여주는 일이 없는
소년 같은 표정을 보여주었다.

그로부터 몇 분간,
두 사람은 시답잖은 대화를 했다.

동료 중 누구에게 말해도 이해받지 못할,
공감 따위는 바랄 수도 없는
작고 무거운 경험을 공유했다.

목차

#0	003
#1	024
#2	099
#3	153
#4	218
후기	230
하루카와 산고 『BEAST』 캐릭터 설정 러프화 갤러리	234

문호 스트레이독스

BEAST

아사기리 카프카 지음
하루카와 산고 일러스트
박수진 옮김

표지 · 본문 일러스트

하루카와 산고

#0

소년은 밤을 달리고 있었다.

볼에 땀이 흐르고 폐가 금방이라도 목구멍에서 튀어나올 것 같았다. 시야는 공복과 피로로 흐려져 언제 쓰러져도 이상하지 않을 정도였지만 소년은 상관하지 않았다.

그저 다리를 앞으로, 한 걸음 더 앞으로, 가능한 한 빠르게, 사지가 끊어진다 해도.

'아쿠타가와 류노스케' 라는 이름의 그 소년에게는 시간이 없었다.

이 길을 다 달렸을 때 자신은 죽을 거라고 아쿠타가와는 생각했다.

아쿠타가와는 빈민가의 거리를 보금자리로 삼은, 부모가 누군지 모르는 아이들 중 한 명이었다.

처지가 같은 여덟 명의 동료와 함께 길거리에서 살고 있었다.

동료인 또래 소년 소녀들은 입을 모아 아쿠타가와를 이렇게 평했다―― '감정이 없는 아이' 라고.

차가운 길바닥에서 잠을 깰 때도, 이따금 맛난 것을 얻었을 때도, 혹은 어른에게 얻어맞아 쓰러졌을 때도 거의 감정을 보이지 않았다. 그저 바닥없는 어두운 눈동자로 허공을 빤히 쳐다볼 뿐이었다. 그 모습을 보고 '저 악동에게는 마음이 없다' 고 호언하는 어른들도 적지 않았다.

마음이 없는 대신 아쿠타가와에게는 불가사의한 힘이 있었다.

아쿠타가와는 자신의 옷을 마음대로 변형시킬 수 있었다. 어떤 때는 밧줄처럼, 또 어떤 때는 날붙이처럼. 형상을 바꾸어 마음대로 조종할 수 있었다.

'입고 있는 옷을 조종하는' 능력—— 그것은 아쿠타가와가 타고난 이능력의 힘이었다.

그러나 이곳은 마도(魔都) 요코하마. 불법 기관총과 수류탄을 사과 한 개를 사듯 손쉽게 살 수 있는 도시다. 옷자락을 작은 날붙이로 바꾸어 휘둘러 봐야 속임수보다 놀랍지도 않다. 아쿠타가와의 힘을 아는 어른들은 그렇게 말하며 그의 이능력을 업신여겼다.

하지만 동료들은 달랐다. 보금자리를 같이하는 여덟 명의 소년 소녀는 아쿠타가와의 방심할 수 없는 힘을 알고 있었다.

누더기를 걸친 마르고 지저분한 아이. 그 아이가 다가와 눈에 아무런 감정도 담지 않은 채 살기 하나 없이 목을 긋는다. 무기를 가졌다고 자만하는 어른일수록 그 수법에 쉽게 시체가 되었다. 도둑이 소년들에게서 돈을 빼앗으려다 아쿠타가와가 만든 옷의 칼날에 목이 잘린 일도 한두 번이 아니다.

감정을 드러내지 않고 과묵하게 영역을 침범하는 자를 가차 없이 찢어 버린다. 그런 성격으로 인해 아쿠타가와에게 붙은 별명은 '짖지 않는 미친개'. 짖으며 위협하지도, 으르렁거리며 경고하지도 않고, 깨달은 순간에는 이미 숨통을 물어뜯고 있다. 짖는 미친개보다 더 질이 나쁘다. 그렇게 기피와 두려움의 대상이 된 탓에 붙은 별명이었다.

그렇다 해도 소년은 소년. 더욱이 식사도 만족스럽게 하지 못하고, 잠들면 밤바람이 뼛속까지 스미는 빈민가 생활이다. 약한 몸을 타고나기도 해서 아쿠타가와는 키가 작고 여윈 소년으로 자랐다. 물론 침식을 함께하는 다른 여덟 명의 동료도 크게 다르지는 않았다.

그렇기에 아쿠타가와와 그의 동료들은 서로 기대고 감싸주며 살아 왔다.

그러나 이미 그럴 필요도 없어졌다.

동료들이 모두 살해당한 것이다.

하수인이 누구인지는 알고 있었다. 서쪽에서 이 빈민가에 흘러들어 온 소규모의 무장 조직이다. ——무장 조직이라고 하면 대단한 것처럼 들리지만 항구와 빈민가를 드나들며 호위 없이 지나가는 수송선을 습격하는, 이른바 무법자 해적이다. 이 땅에서는 신참이긴 했으나 그들은 비합법 조직 포트 마피아와 종속의 맹약을 맺고 하부 조직으로서 활동 허가를 받았다.

요코하마의 어둠의 대명사인 포트 마피아의 하부 조직에 거스르는 자가 있을 리 없었다.

아쿠타가와의 동료 한 명이 그 무법자들이 불법 거래를 할 날짜와 시각을 우연히 알아 버렸다.

무법자들은 경찰에 신고할 것이 두려워 아쿠타가와와 동료들의 보금자리를 습격했다. 그리고 소년 소녀를 모조리 죽였다.

여동생의 도움으로 간신히 도망친 아쿠타가와도 부상을 입었다. 원래는 한 달은 안정을 취해야 할 만큼 상처가 깊었지만—— 지금, 어두운 밤을 달리는 아쿠타가와의 발걸음은 가벼웠다.

소년들에게는 규칙이 있었다. '동료가 다치면 다른 모두가 함께 원수를 갚는다'. 학대받고 빼앗기는 처지에 있는 소년들이 몸을 지키기 위한 최대한의 자구책이다.

그러나 아쿠타가와의 발걸음이 가벼운 것은 그 이유만이 아니다.

드디어 얻은 것이다.

오장육부를 불태우고 머리카락을 곤두서게 하며, 목구멍에서 뿜어져 나올 듯한 강렬한 감정을.

그것은 증오였다.

아쿠타가와가 태어나서 처음으로 품은 명료한 감정이었다.

자신이 향하는 곳이 지옥이자 명부라는 걸 알면서도 아쿠타가와의 감정은 더욱더 불타올랐다.

아무런 망설임 없이, 그저 한 자루의 칼이 되어 적의 숨통을 꿰뚫는다. 증오에 몸을 맡기고.

나는, 마침내 증오를 얻었도다.

고로 나는 짐승이 아니다.

감정을 지닌 인간이로다.

그러하다면 남은 것은 복수의 수단일 따름.

적이 나타날 장소는 짐작이 갔다. 적이 거래를 하러 갈 때 사용하는 길이다.

아쿠타가와는 황폐해진 임야를 달려 빠져나갔다. 은회색 아지랑이와 멀리서 들려오는 기적 소리만이 소년의 동반자였다.

죽음은 두렵지 않았다.

명부도 여기보다는 마음이 편할 것 같았기에.

죽음의 고통도 두렵지 않았다.

무한히 계속되는 이 생활이 바로 고문이었기에.

며칠이나 먹을 것을 구하지 못하고, 잡초마저도 서로 빼앗아 먹는 일상이.

눈 내린 날 아침에 잠에서 깨어, 곁에서 잠들었던 친구가 말 없는 시체가 된 것을 발견하는 일상이.

그것이 산다는 것이라면. 자신이 숨 쉬고 생존하는 것의 숙명적인 대가라면.

그렇다면 이것은 복수다.

적을 한 명이라도 더 길동무 삼아 죽여, 지옥의 염라대왕 눈앞에 어린 시체를 던져주는 것.

그것이 아쿠타가와가 할 수 있는 최대한의 복수.

태어나 버린 것에 대한 복수였다.

그리고 소년은 따라잡았다.

아지랑이 저편에 명멸하는 몇 개의 붉은 등불. 무법자들이 피우는 담배의 불빛이다.

놈들이 있었다.

숫자는 여섯. 전원이 자동소총으로 무장하고 있다. 거래 시각까지는 여유가 있기 때문인지 발걸음이 느릿했다.

잡목림에 숨어 무법자들의 얼굴을 살폈다. 전원이 사람의 목숨을 빼앗는 데 익숙한 숙련된 범죄자들. 그런 자들이 여섯 명. 아이 혼자 어떻게 할 수 있는 숫자가 아니다.

그러나── 여섯 명이 어떻다는 거냐. 아쿠타가와는 생각했다.

나는 죽은 여덟 명을 등에 지고 있다. 그렇다면 숫자에서 질 이유는 없다.

아쿠타가와는 자신의 옷을 걷고 옆구리에 감긴 붕대를 보았다. 지난번 습격에서 도망칠 때 총알이 스쳐서 생긴 상처다. 붕대를 잡아 뜯고 상처에 힘껏 손가락을 집어넣었다. 상처가 벌어져 신선한 피가 흘러 떨어진다.

"크……."

아쿠타가와는 아픔에 얼굴을 찡그리면서 흘러나온 피를 얼굴에 마구 칠했다. 실제보다 중상을 입은 것처럼 보이도록.

그리고 발을 내디뎠다.

"도와…… 도와주세요." 떨리는 아쿠타가와의 목소리가 숲길에 메아리쳤다. "저기서 총을 든 사람 두 명에게 습격당했어요……."

여섯 명의 무법자가 돌아보았다.

숲길 안쪽에서 가슴을 누르고 발을 질질 끌면서 소년이 걸어온다. 달빛에 비친 얼굴은 피투성이에 숨소리가 거칠다.

"뭐냐, 애송이?"

"이런 시간에 혼자서 뭘 하고 있지?"

"저쪽 길에서, 차가, 습격당하고 있었어요……. 정부의 현금, 수송차가, 복면을 쓴 남자 두 명에게……." 아쿠타가와는 작은 동물처럼 가냘픈 목소리로 말했다. "경호원을 죽이고 돈을 빼앗을 때, 얼굴을, 봐 버려서…… 그래서 그자들이, 입을 막으려고, 쫓아와서."

"허어…… 그러니까 뭐냐? 네가 강도 범죄의 목격자란 거냐. 여전히 험악한 동네로군.” 무법자 한 명이 가볍게 총을 들어 올리며 말했다. “안됐군, 애송이. 하지만 만약 내가 그 강도범이라면 너를 죽이지 않고는 발 뻗고 잘 수 없을걸. 사람 하나 살리는 셈치고 죽어 줘라.”

“아니아니, 그건 경솔한 생각이야.” 다른 무법자가 제지했다. “이건 좋은 기회라고. 안 그래?”

“뭐?”

“정부의 현금 수송차는 국내의 지폐 유통량을 조정하기 위해서 한 번에 억 단위의 돈을 운반해. 그걸 가로챌 수 있다면 상당한 돈벌이가 된다고.”

“뭐? 그럼 너…… 이 애송이를 지키자는 거냐?”

“아니지. 돈을 위해서야. 생각해 봐, 정부의 돈은 빼앗고 난 다음이 귀찮다고. 군경, 시 경찰, 재무성 검찰국에다 정부 은행이 기르는 수사 부대들……. 체면이 구겨져 열 받은 놈들이 벌레처럼 떼 지어 쫓아오지. 하지만 이번에 놈들에게 쫓기는 건 그 2인조 강도야. 우리는 수사선상에 잡히지 않아—— 관련이 없으니까 말이지. 손 안 대고 코 푸는 격이야. 더구나 상대는 두 명인데 우리는 여섯 명. 낙승이지.”

여섯 명의 무법자가 서로를 보았다.

“뭐, 그건 그렇지만…….”

“약속까지는 아직 시간이 있어.”

“……할까?”

“갑자기 생긴 일이야. 준비가 안 됐어.”

"억이라고, 억. 그냥 넘기기엔 아까워. 아니면 쫄았냐?"

"쫄겠냐. 그보다 정부의 돈을 뺏었다간 이제부터 만날 포트 마피아가 뭐라고 할지."

"이익의 1할을 내면 조용해지겠지. 뭐, 곤란해질 경우엔 입을 맞추면 돼. '다친 아이가 습격당하는 걸 도와주려고 했다' 고 하든지. 반은 사실이잖아. 비록 마지막까지 지키지는 못했다 해도."

무법자는 히죽 웃고는 총구를 가볍게 털고 나서 아쿠타가와 쪽을 가리켰다.

마지막에는 입막음으로 애송이를 죽인다—— 남자의 눈에서 그 의도를 읽어낸 동료들은 납득했다는 듯이 히죽히죽 웃었다.

"애송이, 2인조의 인상착의를 가르쳐 다오. 그리고 가지고 있던 무기가 뭔지 알겠냐?"

아쿠타가와는 고개를 저었다. "무기는 잘 몰라서—— 하지만 떨어져 있던 총알을 하나 주웠어요."

"그거 좋군. 총 종류를 알 수 있겠어. 보여줘 봐."

"이거예요——."

아쿠타가와는 무법자 한 명에게 다가가 손바닥을 펼쳐 보였다.

달빛 속에서 총알을 자세히 보기 위해 남자는 허리를 굽히고 아쿠타가와의 손에 얼굴을 가까이 가져갔다.

바람을 가르는 소리.

남자의 목이 가로로 찢어졌다. 선혈이 뿜어져 나온다.

남자의 얼굴에는 의문부호가 떠올라 있었다. 아쿠타가와가 옷소매를 날붙이로 바꾸어 재빠르게 숨통을 그어버린 것이다—— 그 사실을 깨닫기도 전에 남자는 절명했다.

"엇."

남자들이 상황을 이해하기보다 빠르게—— 아쿠타가와는 몸을 홱 돌려 가까이 있던 다른 무법자의 배에 칼을 꽂았다. 방탄조끼 틈새로 칼을 찔러 넣는다. 이능력의 칼이 몸속에서 자라나 내장을 휘젓는다.

칼을 뽑는다. 상처에서 피와 내장 파편을 흩뿌리며 남자가 쓰러진다.

"이 애송이가!"

맨 먼저 사태를 파악한 남자가 자동소총을 겨누었다.

거리는 두 걸음 정도. 아쿠타가와의 이능력이 닿는 범위보다 멀다.

아쿠타가와는 몸을 앞으로 던졌다. 땅 위에 넘어져, 눈앞에 있는 남자의 발목을 풀을 베듯이 옆으로 후려친다. 양쪽 발목이 잘린 남자는 절규하며 쓰러졌다. 절단면에서 분출한 선혈이 아쿠타가와의 얼굴을 더럽힌다.

——앞으로 세 명.

"이 애송이, 이능력자다! 쏴라! 쏴 죽여!"

세 명의 자동소총이 일제히 불을 뿜는다. 아쿠타가와는 땅 위를 구르며 가까운 곳에 쓰러져 있던 남자 뒤에 숨었다. 남자의 시체가 총탄에 맞아 튀어 오른다.

세 명 죽였다. 하지만 문제는 지금부터다. 이제 기습은 통하지 않는다. 이 거리에서 총 세 자루를 상대하게 되면 근거리에서밖에 싸울 수 없는 아쿠타가와에게는 승산이 없다.

그러나 아쿠타가와의 눈에는 공포도 망설임도 없었다. '마음 없는 개'의 눈동자는 어떤 때에도 고요하다. 감정이 있다면—— 희미한 고양감. 이미 세 명 죽였다. 지옥의 길동무로 삼을 악인의 영혼은 몇 명이면 좋을까? 세 명? 네 명? —— 물론, 많으면 많을수록 좋다.

아쿠타가와는 자신이 숨어있는 시체의 옷을 보았다. 시체의 허리 주머니에 수류탄이 두 개 들어 있다.

자신의 옷을 조종해 시체에서 수류탄을 빼냈다. 안전핀을 뽑고 한 박자 쉰 다음 두 개를 동시에 투척한다.

응축된 파괴가 남자들을 날려 버렸다. 살점이 나무 꼭대기 근처까지 튀었다.

쏟아져 내리는 살점에 놀란 남은 두 명이 황급히 나무 뒤에 몸을 숨긴다.

"뭐야, 뭐냐고 저 애송이!" 남자가 공포 어린 소리를 질렀다. "미쳤어! 혼자서…… 자기 목숨을 뭐라고 생각하는 거야!"

"자신의 목숨이란 무엇인가——라." 아쿠타가와는 일어섰다. "지금 마침 그것을 배우고 있는 참이다. 너희에게 말이지."

그리고 달렸다.

아쿠타가와의 질주는 부상을 입었다는 사실이 전혀 느껴지지 않을 만큼 빨랐다. 근육이 찢어지고 뼈가 부러져도 개의치 않는 인간밖에 낼 수 없는 속도다.

무법자가 요격하려고 총을 쏜다. 음속의 탄환이 아쿠타가와의 오른쪽 어깨를 관통한다. 피가 뒤쪽으로 흩뿌려진다. 그러나 아쿠타가와는 속도를 늦추지 않는다.

땅을 차고 공중으로 뛰어올랐다. 그리고 몸을 굽혀 남자의 목덜미를 물어뜯었다.

옷을 조종해 자신의 몸이 떨어지지 않도록 남자에게 고정한다. 그리고 개의 이빨을 목에 박아 넣고 온몸의 힘을 총동원하여 경동맥과 함께 남자의 목덜미를 찢어발겼다.

"끄아아아아악!?"

목덜미에서 위로 선혈이 뿜어져 나온다. 남자의 가슴팍을 차고 아쿠타가와가 도약한다. 입술과 이빨에 혈관과 살점을 묻힌 채 착지한다.

아쿠타가와는 일어서서 난폭하게 입 속의 피를 뱉어내며 말했다.

"신선한 고기라니—— 몇 년 만인지."

붉게 물든 입가가 흉악한 미소를 만들어냈다.

짖지 않는 미친개. 마음 없는 사나운 짐승.

달빛에 비친 그 모습이 바로 동료들이 두려워하면서도 의지했던 아쿠타가와라는 한 마리의 짐승—— 그 극치였다.

그리고 고개를 돌려 적을 보고 말했다. "앞으로 한 명."

"힉……."

마지막 무법자가 목구멍 안쪽에서 비명을 질렀다. 떨리는 손으로 자동소총을 겨누고 제대로 조준도 하지 않고 총을 쏜다.

총탄의 빗속을 아쿠타가와는 그저 걷는다. 죽음의 짐승의 눈으로, 붉게 젖은 이빨로. 총알이 귓가를 스치고 옷을 관통한다. 그래도 표정은 변하지 않는다. 어깨를, 귓불을, 늑골을, 총알이 꿰뚫고 부숴 간다. 그래도 걸음은 멈추지 않는다.

"오지 마, 오지 마 오지 마 오지 마앗!"

총탄 하나가 아쿠타가와의 넓적다리를 꿰뚫었다. 내딛던 다리가 힘을 잃고 털썩 앞으로 고꾸라진다. 무릎을 꿇은 아쿠타가와에게 또다시 총알이 쏟아진다.

모든 총알을 다 쏘아낸 자동소총의 격철이 철컥철컥 허공을 친다. 그래도 남자는 멈추지 못하고 방아쇠를 당겼다.

그 무법자를, 동료의 원수를 바라보며 아쿠타가와는 만족스럽게 미소 짓고── 그리고 앞으로 쓰러졌다.

온몸의 상처에서 뜨거운 피가 흘러나온다.

이제 움직이지 않는다.

"주……죽, 은, 거냐……?"

무법자가 믿을 수 없다는 눈으로 아쿠타가와를 내려다보

았다.

조심조심, 아쿠타가와의 시체에 다가간다. 어깨를 찼다. 전혀 움직이지 않는다. 머리를 찬다. 아무런 반응도 없다. 팔을 찬다.

차는 발목을 짐승의 손톱이 움켜잡았다.

"충분히 죽였다고 생각했으나—— 조금 욕심이 생겼다." 쓰러진 아쿠타가와가 처절한 웃음을 지으며 남자를 올려다보았다. "역시 여섯 명 전원의 영혼을 받아 가겠다."

움켜쥔 발목에 아쿠타가와의 칼날이 얽혔다.

칼이 살을 관통하고 다리뼈까지 도달한다. 다리 안쪽에서 옷이 회전톱처럼 날뛰며 혈관을 찢고 신경을 휘저었다. 발끝에서부터 뼈와 살이 갈리는 격통에 남자가 절규한다.

아쿠타가와는 남자의 다리를 붙잡고 살을 재단(裁斷)하는 범위를 위로 넓혀 간다. 아픔에 남자가 소리를 지르고 침과 피를 사방에 뿌리며 날뛰지만 아쿠타가와는 손을 놓지 않는다.

고기처럼 다리가 썰린 무법자는 무릎 위까지 파괴되었을 즈음 크게 경련하더니 피리 같은 소리를 내고는 절명했다. 격통 탓에 삼차신경과 미주신경 반사가 발생해 온몸의 혈관이 한계까지 확장되어 쇼크사한 것이다.

마지막 남자의 죽음을 확인한 다음—— 아쿠타가와는 손을 떼고 벌렁 드러누웠다.

시선이 닿는 곳에는 차가운 별 하늘. 숲속에 있는 것은 세계의 끝과도 같은 고요함뿐이다.

"하……하, 하하……."

메마른 웃음이 저절로 입에서 흘러나왔다.

동료의 원수를 갚았다. 오직 혼자서. 이 이상은 바랄 수도 없는 최고의 전과다.

하지만 그럼에도 아쿠타가와의 마음은 메말라 있었다.

자신의 생명을 불태워 원수를 죽인다. 그 바람은 이루었다. 그리고 자신은 죽으리라. 앞으로 몇십 분 이내에. 그렇게 생각했을 때—— 반쯤은 저절로 한 가지 의문이 생겼다.

나는 누구에게 살해당한 것인가?

자신의 목숨을 불태우리라 결정한 것은 자신이다. 그러니 자신이 자신을 죽이는 거라고 말하지 못할 것도 없다. 하지만 태어난 순간부터 그러기를 바란 것은 아니다. 자신의 생명을 필요 없다고 단정짓고, 자신의 인생을 증오한다—— 강제로 그런 곳에 내몰렸다. 그래서 지금 이런 상황이 된 것이다.

어찌하여 나는—— 죽어야 하는가?

차가운 별들을 향해 소리 내어 중얼거렸다.

영원히 풀 수 없는 물음—— 답이 돌아올 것은 처음부터 기대하지 않았다. 하지만 뜻밖에도 답이 있었다.

"그건 말이지. 자네가 자신의 의지로 살지 않아서야—— 아쿠타가와."

아쿠타가와는 놀라 목소리가 들린 쪽으로 얼굴을 돌렸다.

숲속의 그루터기에 사람 그림자가 하나 앉아 있었다.

호리호리한 몸에 검은 코트. 달빛을 등지고 있어 남자의 얼굴은 그림자에 가라앉아 잘 보이지 않는다. 검고 덥수룩한 머리에 감긴 흰 붕대만 흘깃 보였다.

아쿠타가와는 자신의 눈을 의심했다. 어느새? 거기에는 아무도 없었을 터——.

"네, 네놈은…… 대체." 아쿠타가와는 쉰 목소리로 속삭이듯 말했다. "놈들의…… 동료인가."

동료를 습격해 죽인 무법자는 여섯 명이었다. 그러나 습격에 나타나지 않았던 다른 동료가 있었다 해도 이상하지 않다.

"사실은 말이지, 자네에게 권유를 하러 온 거야. 하지만…… 그만두겠어. 자신의 의지로 폭력을 휘두른다면 그게 아무리 잔학하더라도 인간다움의 한 측면이라 할 수 있지. 하지만 주변 환경에 휩쓸려 발작적으로 타인을 다치게 한다면…… 그건 단지 지성 없는 유해동물이다."

목소리가 젊다. 소년이라 해도 통할 나이이리라.

검은 옷의 남자는 그루터기에서 일어났다. 여전히 얼굴은 보이지 않는다. 하지만 차가운 시선이 마음속까지 훤히 들여다보듯이 자신을 꿰뚫고 있다는 것을, 왜인지 명확하게 느낄 수 있었다.

"내가, 유해동물, 이라고?" 아쿠타가와의 혈관에 다시 뜨거운 감정이 휘몰아쳤다. "그렇다면 네놈, 들은, 무엇이냐."

아쿠타가와는 떨리는 팔로 몸을 일으켰다. 상처에 격통이 느껴졌지만 증오의 불꽃은 꺼지지 않는다.

"네놈들 같은, 쓰레기가…… 휘두르는 폭력이, 정당하다고, 말하는 것이냐."

떨리는 무릎을 짚으며 일어섰다. 온몸에서 흘러내린 피가 숲속에 떨어져 금세 식어간다.

출혈은 이미 한계를 넘었다. 전투는커녕 마음대로 걸을 수조차 없다. 금방이라도 기절할 것 같다.

그러나—— 원수가 한 명 더 남아 있었다면, 그 영혼만 놓칠 수는 없다.

아쿠타가와가 온몸에서 짐승의 살기를 뿜어낸다. 그러나 상대인 검은 옷의 남자는 철저히 차가운 목소리를 한 채 아쿠타가와에게 다가온다.

"나를 죽일 셈인가? 그렇다면 자네는 오늘 세계에서 가장 어리석은 인간이야, 아쿠타가와."

"어리석어도 상관없다." 아쿠타가와는 짐승 같은 목소리로 으르렁거렸다. "나의 바람은 눈앞의 남자를 세계에서 두 번째로 어리석은 인간으로 만드는 것일 뿐."

검은 옷의 남자가 다가온다. 이제 몇 발짝이면 아쿠타가와에게 손이 닿는다.

"정말 구제할 도리가 없을 만큼 어리석군." 검은 옷의 남자가 고개를 저었다. "복수라고? 그걸 위해서라면 죽어도 좋다고? 자네가 죽은 다음—— 남겨진 여동생이 이 도시에서 어떤 꼴을 당할지 상상도 안 되는 건가?"

아쿠타가와의 온몸이 일찍이 없었던 불꽃에 타올랐다.

이 남자, 어떻게 여동생을 알고 있지. 습격할 때도 여동생은 목격되지 않았을 터이다. ──아니. 이유 같은 건 지금은 아무래도 좋다.

"네놈……!" 온몸의 근육이 분노로 삐걱거렸다. "네놈, 네놈, 네놈! 여동생에게 손을 댈 작정인가! 용서치 않는다── 용서치 않는다! 『라쇼몽(羅生門)』!"

아쿠타가와의 노기에 호응하듯이 옷이 폭발적으로 성장했다.

아쿠타가와의 옷이 어깨부터 부풀어 오르더니, 접혀서 거대한 짐승의 머리가 되었다. 아쿠타가와의 이능력이 진화하여 새로운 형상을 얻은 것이다. 아쿠타가와가 팔을 들어 올리자 짐승은 그에 따라 머리를 쳐들고 적을 포식자의 눈으로 노려보았다.

"죽어라!"

아쿠타가와가 짐승을 앞으로 내보냈다.

짐승이 이빨로 지면을 파헤치면서 일직선으로 검은 옷의 남자에게 달려든다. 그 속도는 총알과 같고 이빨의 무게는 단두대와 같았다. ──아쿠타가와가 과거에 발한 공격 중에서도 최대이자 최강의 일격이었다.

그러나.

"시시하군."

검은 옷의 남자가 가볍게 손을 휘두르자 짐승은 낙엽처럼 흩어졌다.

"아니——."

놀란 아쿠타가와에게 검은 옷의 남자가 휘두른 앞차기가 꽂혔다. 아쿠타가와는 몸을 기역자로 꺾고 피와 토사물을 흩뿌리며 날려간다.

"자네는 나를 죽일 수 없어." 검은 옷의 남자는 조용히 걸어갔다. "그 정도 강함으로는 말이지. 역시 부하는 다른 한 명으로 하겠어."

한계를 넘어선 아쿠타가와의 시야는 이미 거의 어둠에 잠겨 있었다. 어둠 너머에서 검은 옷을 입은 남자의 발소리만이 다가온다.

죽는다——.

그러나 남자의 발소리는 흥미를 잃은 것처럼 아쿠타가와 옆을 스쳐 지나 멀어져 갔다.

"자신이 가진 약함의 본질이 뭔지 알게 되면 다시 나에게 도전하러 오도록 해. 그때까지 자네의 여동생은 맡아 두지."

"뭐……! 기, 다……!"

아쿠타가와가 신음한다. 그러나 몸은 급격하게 온도를 잃어가고 있어 이미 손가락 하나 움직일 수 없다.

기다려라. 여동생을 빼앗아가지 마라. 멈춰라. 자신은 어리석다, 자신은 죽는다, 그건 괜찮다, 하지만 여동생은, 여동생을 다치게 하는 것만은——.

외침은 소리가 되지 못하고, 소원은 형태가 되지 못하고, 눈물은 얼어붙고, 밤바람만이 소리 없이 스치고 있었다.

아쿠타가와의 격렬한 감정은 바깥 세계에 무엇 하나 영향을 주지 못한 채 쓸쓸한 어둠 속에서 의미 없이 메아리칠 뿐이었다.

소원은 누구에게도 닿지 않았다.

그것이 세계였다.

그로부터── 4년 반의 세월이 흘렀다.

#1

탐정사 사원 다니자키 준이치로는 당혹스러웠다.

어찌하면 좋을지 알 수 없었다.

신입이—— 노려보고 있기 때문이다. 자신의 맞은편 자리에 앉았을 때부터 말 한마디 하지 않고 그저 날카로운 눈초리로 빤히 자신을 노려보고 있기 때문이다.

"죄송합니다아!"

다니자키는 조금 전 그렇게 말하며 머리를 숙였지만 아무런 반응도 없었다. 지금도 무언이다.

조명이 밝은 찻집이다. 들릴 듯 말 듯한 음량으로 슬픈 선율의 오래된 피아노곡이 흐르고 있다.

테이블에 앉아 있는 사람은 네 명. 모두 탐정사 사원이다. 그들은 신입의 가재도구를 구입하러 시내에 나왔다가 돌아가는 길이었다. 그리고 휴식할 겸 찻집에 들렀다.

머리를 숙인 상태로 시선만 앞에 두고 정면에 있는 신입을 살폈다. 무시무시하게 날카로운 시선이다. 흉악하다고 해도 무리가 없다. 지옥의 문을 지키는 거대한 삼두견 같은 눈이 다니자키를 똑바로 꿰뚫고 있다. 그 눈은 네놈을 결코 용서하지 않겠다고 선언하고 있다—— 그런 느낌이 든다.

무장 탐정사라는 직업상 다양한 악인, 범죄자와 어울려 왔다. 그러나 이 정도로 흉악한 눈은 배알한 적이 없었다.

신입의 이름은 아쿠타가와.

무장 탐정사의 입사 시험을 어제 통과한 청년이다.

"저기이." 다니자키는 작은 목소리로 쭈뼛쭈뼛 말을 이어갔다. "어제는 정말 죄송했어요. 시험이긴 해도 폭탄마 연기로 목숨을 위협하는 짓을 해서……, 으음, 역시…… 화내고 있죠?"

아쿠타가와는 역시나 대답하지 않는다.

바로 전날, 아쿠타가와는 무장 탐정사의 입사 시험을 받았다. 시험 내용은 폭탄마로 가장한 다니자키의 협박으로부터 탐정사를 지키는 것. 소녀를 인질로 잡고 사옥에 틀어박혀 사장을 내놓으라고 협박하는 다니자키를 아쿠타가와는 단 몇 초 만에 제압해 보였다.

"오……오라버니, 정신 차리세요. 나오미가 곁에 있어요." 옆에 앉아있는 여동생 나오미——어제 입사 시험에서 인질 역을 연기한 소녀——가 격려하듯이 말한다.

"이봐, 무슨 말이라도 하지그래, 신입?" 중간에 앉아있는 구니키다가 말을 걸었다. 두 사람의 선배에 해당하는 키 크고 안경을 쓴 탐정사 사원이다. "너는 시험을 통과했다. 즉 눈앞에 있는 다니자키는 오늘부터 선배다. 앞으로 평생 말없이 노려보며 지낼 수는 없을 텐데."

아쿠타가와가 부릅뜨는 소리가 날 것처럼 박력 있게 옆에 있는 구니키다를 보았다.

"읏."

역전의 구니키다도 무심결에 목소리가 흘러나올 만큼—— 흉악한 눈.

평범한 어린아이라면 분명히 울음을 터뜨릴 거다.

다니자키는 눈빛으로 구니키다에게 물었다.

——어떡하죠, 구니키다 씨. 이 신입, 분명 화내고 있어요. 어쨌든 간에 어제 폭탄과 인질로 실컷 협박했으니까……. 우리 지금부터 살해당하는 건 아니겠죠?

구니키다는 돌처럼 굳은 표정을 지은 채 눈빛으로 다니자키에게 대답했다.

——바보 같은 소리. 인질도 폭탄도 전부 다 연기다. 입사하기 위해 필요한 시험이다. 게다가 시험은 무사 합격. 무엇보다, 만약 여기서 신입이 적대한다 해도 이쪽은 역전의 탐정사 사원이 두 명. 지는 건 있을 수 없는 이야기다. 뭐 게다가 분노가 향하는 것은 다니자키 너지 내가 아니고 말이야.

——앗, 구니키다 씨 지금 남의 일이라는 얼굴 했죠?

"용서 못 한다."

갑자기 신입이 목소리를 냈기에 두 사람은 놀라 의자에서 반쯤 일어섰다.

다니자키의 머리가 차갑게 얼어붙었다. 역시…… 살해당하는 건가?

“거기 있는 인질 역 소녀는 그대의 친여동생이라고.”

“어? 아아, 응…… 여동생인 나오미예요.”

아쿠타가와는 무표정으로 손 옆에 있던 물잔의 물을 한 모금 마시고 나서 말했다.

“여동생은 소중히 여겨야 한다.”

다니자키는 그 말을 머릿속으로 세 번 되짚어보았다.

그리고 문득 떠올라 말했다.

“……어? 아, 혹시…… 내가 인질 역을 한 나오미를 거칠게 다뤄서 기분이 안 좋았던 거야? 그뿐?”

아쿠타가와는 날카로운 눈빛 그대로, 보일 듯 말 듯한 각도로 턱을 당겨 끄덕였다.

“그런 거예요? 어머머…… 그럼 걱정할 필요 없어요, 신입 씨. 보세요, 저와 오라버니는 이렇게 사이가 좋은걸요.” 나오미가 오빠에게 기대더니 오빠의 쇄골에 뺨을 비빈다. “인질 역도 제가 오빠에게 협박당하고 싶어서 스스로 지원했을 정도예요.”

정다운 모습의 두 사람을 차례로 보고 나서 아쿠타가와는 무표정으로 입을 열었다.

“그런가. 그렇다면 만족스럽군. 나의 지레짐작이었다.”

그렇게 말하고, 마침 옆으로 지나가던 여종업원에게 말을 걸었다. “나에게는 단팥죽과 호지차를 주지 않겠는가.”

“네, 주문받았습니다!” 여종업원이 웃는 얼굴로 고개를 끄덕이고 사라졌다.

그리고 아쿠타가와는 다시 정면을 보고 물잔을 가볍게 마셨다. 조금 전과 마찬가지로 지옥의 파수견 같은 날카로운 눈을 한 채.

——혹시 이 신입.

다니자키는 구니키다를 힐끗 보았다. 구니키다도 다니자키를 힐끗 보았다. 그리고 눈빛으로 같은 의견을 나누었다.

이 신입, 노려보았던 게 아니라…… 원래 눈초리가 엄청나게 사나울 뿐……?

——아쿠타가와 류노스케.

강가에서 굶어 죽어가던 것을 주워 온 고아.

탐정사 사원들은 아쿠타가와의 내력을 거의 모른다. 왜 굶어 죽을 뻔했는지, 어떤 경위로 주워 온 건지 전혀 알려지지 않았다. 알고 있는 것은 그가 옷을 변형시켜 조종하는 엄청난 실력의 이능력자라는 것. 그리고 어떤 사람을 찾기 위해 탐정사 입사 권유를 받아들였다는 이야기뿐이다.

"그건 그렇고, 그 남자는 아직 안 오는 건가." 구니키다가 회중시계를 꺼내 신경질적으로 손가락으로 두드렸다. "집합 시간은 벌써 지났다고. 정말이지, 강가에서 아사 직전이던 고아를 갑자기 주워서 탐정사에 넣겠다는 말을 꺼낸 놈이, 그 신입을 방치하다니."

"확실히 그 사람의 언동은 예측할 수 없는 부분이 있지만," 다니자키가 중재하려는 듯이 말했다. "하지만 조금 전에 연락했더니 5분 후에는 도착한다고 대답했어요. 조금만 더 기다리죠."

"기다린다고는 하지만……." 구니키다는 아쿠타가와 쪽을 흘끔 보았다.

아쿠타가와는 무표정으로 허공을 노려보고 있다. 그 눈초리는 역시 지옥의 고문관처럼 흉악하다.

탐정사 사원들이 있는 테이블은 바야흐로 가게 안에서 가장 차가운 침묵이 흐르는 장소가 되어 있었다. 신입의 딱딱한 분위기가 벌이는 짓이었다.

"저기, 신입…… 아쿠타가와 씨?" 다니자키는 쭈뼛쭈뼛 말을 걸었다. "저기, 으음…… 맞다. 그 밖에 뭐 주문하고 싶은 거 있어?"

"특별히 없다."

아쿠타가와는 날카로운 눈으로 대답했다.

그리고 침묵.

다니자키는 몸속의 영양분이 순식간에 고갈되어 가는 기분이 들었다.

대화가 이어지지 않아……!

과연 이 동료와 앞으로 잘해나갈 수 있을까……?

그런 상황이었기 때문에, 여동생 나오미가 "그런데 아쿠타가와 씨, 탐정사에 들어오기 전에는 무슨 일을 하셨나요?"하고 생긋 웃으며 거리낌 없이 물었을 때 다니자키는 마음속으로 쾌재를 불렀다. 잘했어 나오미, 내 여동생, 역시 나오미야, 언제나 나를 도와줘서 고맙다니까.

아쿠타가와는 조금 생각한 다음 대답했다. "나의 지난 세월은 메마른 바람이나 자갈 따위와 같다. 머무를 곳도 없고 내세울 만한 직업도 없이 빈민가를 헤매며 그날 벌어 그날 살아왔다."

다시 말해 딱히 아무것도 하지 않았다는 건가. 흐음, 하고 다니자키는 생각했다. 의외다.

"하지만 그렇게나 대단한 이능력을 가지고 있으니까 일은 쉽게 구할 수 있었던 거 아니야? 경호원이나 경비나…… 고용해 줄 만한 곳은 잔뜩 있을 것 같은데."

아쿠타가와는 그 물음에 대답하지 않고 그저 눈을 내리깔았다. 대답하고 싶지 않다는 것이겠지.

다니자키는 잠시 생각한 다음 질문했다. "그럼…… 좋아하는 거나, 싫어하는 건?"

"특별히 없다."

간결한 대답에 다니자키는 한순간 마음이 꺾일 뻔했지만——기력을 끌어올려 다시 질문했다.

"아니 그래도…… 굳이 꼽아 본다면?"

"굳이 말인가." 아쿠타가와가 생각에 잠긴 듯 시선을 움직였다. "좋아하는 거라면…… 차, 무화과, 단팥죽. ……싫어하는 것은, 굳이 말한다면 누에콩, 귤, 그리고…… 들개일까."

"헤에, 들개라." 다니자키가 미소를 지었다. 개를 싫어하다니 평범한 구석도 있잖아. "뭔지 알아. 이 주변에도 어디는 엄청나게 큰 들개가 나오기도 하거든. 갑자기 짖으면 어른이라도 놀라지.”

“그러하다.” 아쿠타가와가 물잔을 홀짝이며 말했다. “빈민가의 거처에서 잘 때 들개에게 팔을 물릴 뻔했다. 재빨리 먼저 깨어나 피했으나…… 그 이래로 개 종류는 아무래도 좋아지지 않는다.”

예상보다 열 배쯤 처참한 이유였다.

다니자키는 눈을 이리저리 굴리며 “그, 그랬구나…….” 하고 말했다. 달리 뭐라고 말하면 좋을지 알 수 없었기 때문이다. 그리고 덧붙이듯이 “힘들었겠네.”라고 말했다.

“아니다. 내가 서식하던 빈민가에서는 드문 일이 아니다. 함께 지내던 동료 중에도 들개에게 물려 죽은 자가 한 명 있다. ……물론 그때는 보복으로 근처 일대에 있는 모든 들개를 도륙하고 다녔으나.”

“그…… 그랬구나.”

아무래도 신입은 상당히 무거운 성장 과정을 거친 듯하다.

대화할 거리를 찾다가 지뢰를 밟고 말았다. 다니자키는 이제 “그랬구나.”라고 대답하는 자동기계가 될 수밖에 없었다.

“나도 묻겠다.” 아쿠타가와가 불쑥 말했다. “그대들의 과거는 어떠했나. 탐정사에 오기 전에는 어디 있었지?”

“어머, 아주 좋은 질문이에요.” 나오미가 웃는 얼굴로 두 손을 맞대었다. “실은 그거 늘 하는 질문이에요. 탐정사 사원 과거 맞히기 퀴즈. 그렇죠, 오라버니?”

“으……으응, 그렇지. 신입한테는 다 시켜. 그중에서도……

너를 데려온 그 사람의 과거는 난제거든. 아무도 못 맞춰서 걸린 현상금이 70만까지 늘어났어. 너도 한 번."

때마침 그때 여종업원이 쟁반을 들고 나타났다. "오래 기다리셨죠. 뜨거운 호지차와 단팥죽을 주문하신 손니――."

말을 끝까지 잇지 못했다.

아쿠타가와의 긴 외투 자락을 여종업원이 살짝 밟고 말았기 때문이다.

여종업원은 체중이 실리기 전에 반사적으로 발을 치우려고 했다. 하지만 그 선택은 실수였다. 뒤로 뺀 뒤꿈치가 외투에 걸렸다. 여종업원은 "꺄악!" 하고 짧게 외치더니 자세를 바로잡으려 했지만 전통복 타입의 유니폼이 걸음을 방해했다. 그 결과―― 그녀는 크게 몸을 젖히고 옆의 테이블에 두 손을 짚게 되었다.

차가 올라간 쟁반이 공중을 날았다.

아쿠타가와의 머리 위를.

"!"

탐정사 멤버가 반사적으로 튀어나갔지만 이미 늦었다―― 뜨거운 액체가 아쿠타가와의 머리에 제대로 쏟아졌다.

나오미가 짧은 비명을 질렀다. 다니자키와 구니키다는 자리에서 일어나 몸을 굳혔다.

구니키다의 손은―― 허리의 권총에 가 있었다.

한순간만 더 판단이 늦었다면 권총을 아쿠타가와에게 겨누었을 것이다.

"아래를 잘 보고 다녀라." 아쿠타가와는 아무런 감정도 담지 않고 말했다. "다친 사람은 없나."

뜨거운 액체는 아쿠타가와의 머리에 쏟아지기 직전에 전부 가로막혔다. 소리도 없이 뻗어나간 아쿠타가와의 외투에 의해. 신속(神速)이라 할 만한 반응속도다.

다니자키는 구니키다를 보았다. 그리고 구니키다가 거의 무의식적으로 손을 가져갔던 권총을 보았다.

두 사람이 순식간에 움직인 것은 여종업원을 돕기 위해서가 아니었다. 아쿠타가와의 화상이 어떤지 보기 위해서도 아니었다. 두 사람이 움직인 것은── 아쿠타가와를 죽이기 위해서였다.

왜냐하면 한순간 아쿠타가와에게서 마치 섬광처럼 살기가 터져 나왔기 때문이다.

자신을 위협하는 것에 대한 본능적인 반응. 두 사람은 반사적으로 예측한 것이다── 아쿠타가와가 여종업원의 머리를 날려버릴 거라고.

아쿠타가와는 입사 시험을 통과했지만, 합격하지는 않았다.

아쿠타가와의 입사에는 보류사항이 붙어 있었다. 분명히 아쿠타가와는 폭탄마 사건을 신속하게 해결했다. 그러나 신속한 해결은 입사 시험 합격에 필요한 조건이 아니다. 탐정사 사원이 되려면 스스로를 다스리고 의로움을 관철하는 민호(民護)의 정신── 그것도 극한 상태에서도 흔들리지 않는 고결한 정신이 필요하다. 그것이 탐정사 사장 후쿠자와의 방침이었다.

그리고 입사 시험에는 또 한 가지 규칙이 있다. 그것은 지금이 시험 중이라는 것을 본인에게 결코 알려서는 안 된다는 규칙이다.

너무나도 압도적인 속도로 폭탄마 사건을 해결했기 때문에 아쿠타가와는 아직 탐정사에 필요한 정신성을 증명하지 못했다. 그 때문에 지금은 일시적으로 임시 입사한 상태이며, 진정한 입사 자격은 앞으로의 업무로 판단하기로 했다.

요컨대 다니자키와 구니키다는 지금도 임무 중인 것이다.

임무란 아쿠타가와의 입사 가부를 판가름하는 것. 그리고 만약 아쿠타가와가 교활하고 사악한 인간이라면── 피해가 발생하기 전에 즉시 토벌하는 것.

구니키다가 긴장과 함께 숨을 내쉬며 권총에서 손가락을 뗐다.

신입은 속을 알 수 없다. 감정도 읽을 수 없다. 날카로운 눈빛과 강력한 이능력── 그러나 그 영혼의 진위가 과연 선인가 악인가.

도대체 왜 이런 남자가 탐정사에 입사하게 되었는가. 그것이 다니자키와 구니키다의 공통된 의문이었다. 회사에 추천한 그 남자는 도대체 무슨 생각인가──.

마침 그때 찻집 입구가 열리고 남자가 들어왔다.

키가 큰 남자다. 역광으로 얼굴에 그림자가 드리워 표정은 잘 보이지 않는다.

“아.” 다니자키가 고개를 돌려 그 모습을 확인하고 목소리를 높였다. “수고 많으십니다. 늦으셨네요.”

“늦었어.” 구니키다도 뒤돌아보고 말했다. “네가 데려온 신입 때문에 작은 소동이 일어났다. 어떻게 좀 해라.”

키 큰 남자는 머리를 벅벅 긁었다. 그리고 입을 열었다.

“그래—— 좀 늦었어.”

키 큰 남자가 가게 안으로 들어왔다. 가게 조명이 남자의 표정을 비춘다.

그 남자는——.

밤이 오면 바닷가 창고 거리는 현세에서 가장 어두운 장소가 된다.

거리의 불빛도 달빛도 닿지 않는, 어둠보다도 어두운 암흑의 세계. 자기 코끝조차 보이지 않는 진정한 어둠.

그 어둠 속에 비명이 메아리치고 있었다.

“살려 줘!”

“우와아아악! 오지 마!”

“살려, 살려 줘어!”

절규하는 목소리가 겹치며 전장의 음악이 된다. 무언가가 부러지는 소리, 부서지는 소리, 끈적거리는 무언가의 액체가 바닥에 흩뿌려지는 소리가 반주다.

그러나 어떤 비명과 파괴음도 창고 거리 바깥의 고요함을 깨뜨릴 수는 없다. 모든 소리는 무겁고 밀도 있는 어둠에 푹 감싸여 스펀지처럼 흡수당하고 말았다.

그곳은 넓은 수입품 보관창고 안이었다.

수많은 나무 상자가 선반에 쌓여 천장까지 늘어서 있다. 아득히 높은 천장에 달린 창에는 초승달이 뜬 어둔 하늘이 그저 무자비하게 펼쳐져 있다.

"하지 마, 오지 마! 오지 마! 안돼, 안돼안돼안돼 죽고 싶지 않아! 살려……."

아무것도 보이지 않는 어둠 속, 비명이 하나씩 사라져 간다.

때때로 자동소총의 불꽃이 드문드문 번뜩이며 어둠을 하얗게 찢었다. 명멸하는 섬광이 단 한순간 창고 안에 있는 사람들의 모습을 날카롭게 비추었다.

그곳에 있는 것은 용병이었다. 완전무장한 용병 1개 소대. 스무 명이 넘는 역전의 병사들이 어둠 속에서 도망쳐다니고 있었다.

"쏘지 마라! 우리 편에게 맞는다!" 병사 중 누군가가 외쳤다. "놈에게는 총알이 통하지 않아, 대물 철갑탄으로 바꿔라! 그런 다음 택티컬 라이트로 적을 포착하는 거다!"

"안 됩니다, 조명을 켜면 적이 우리를 노릴 겁니다!"

"적에게는 이미 우리가 보인다! 어서 모습을 파악하지 않으면 우리가 전멸한――."

그것이 마지막 말이 되었다. 목소리가 끊기고 목이 부서지는 소리가 이어진다. 그리고 공기가 기도를 빠져나가는 피리 같은 소리. 비명이 되어 나오지 못하는 비명.

누군가가 어딘가에서 새롭게 비명을 질렀다. 모두가 돌아본다.

하얀 짐승이 있었다.

병사들 위에 짐승이 올라타 있다. 소형 자동차만큼 큰 하얀 짐승이다. 짐승의 거대한 턱이 병사들의 목을 물어뜯고 있다.

"놈이다! 쏴라, 쏴라앗!"

전원이 짐승을 향해 총을 일제히 발사한다. 그러나 짐승은 머리를 흔들어 희생자의 목을 찢어버리면서 가볍게 도약해 어둠 속으로 사라졌다. 남겨진 병사가 무수한 총알에 맞아 튀어오른다.

총격이 멈추고 어둠이 돌아왔다. 짐승의 기척도 사라졌다.

"거짓말이, 거짓말이 아니었어." 병사 한 명이 울 것 같은 목소리로 소리쳤다. "실재했던 거야, 이게 그, 재앙의 짐승, '포트 마피아의 하얀 사신'——."

비명이, 파괴음이, 모든 방향에서 잇달아 들려온다. 적이 어디 있는지 알 수 없는 탓에 방위 진형도 짜지 못하고, 물러날 방향조차 정할 수 없다. 부대의 통신으로부터 흘러들어오는 정보는 두 가지. 비명과 절규다. 그것은 이미 전투의 형태를 이루지 못하고 있었다.

그것은 단지 학살.

인간 따위가 '어둠 그 자체' 에 거스른 것에 대한, 당연한

귀결이었다.

"후퇴하라! 진형을 다시 갖춰라!" 부대를 지휘하는 소대장이 통신기를 향해 필사적으로 외친다. "우리가 여기서 지면 포트 마피아의 대침공을 저지할 자는 아무도 없다! 너희의 상사도 친구도 모두 머리만 상자에 담겨서 본국으로 배달될 거다!"

소대장이 섬광 수류탄의 핀을 뽑으며 소리쳤다. "신호와 동시에 홀수 분대는 창고 입구까지 후퇴, 짝수 분대는 엄호사격을 하라!"

소대장이 섬광 수류탄을 투척한다. 공중에서 마그네슘 산화 반응을 위주로 한 강렬한 섬광이 발생해 창고 안을 대낮처럼 밝게 비춘다.

"지금이다! 사격 개시!"

소대장의 필사적인 외침은 창고 안에 메아리친 뒤 어디인지도 모를 어둠 속으로 흡수되었다.

총성은 한 발도 들리지 않았다.

"뭘 하고 있나? 짝수 분대는 일제 사격을……."

소리를 치려던 소대장의 목소리는 자신이 이해한 것에 빨려들어 사라졌다.

"설마……."

소대장 앞쪽의 어둠 속에서 그것이 조용히 나타났다.

발소리 하나 내지 않는 하얀 앞다리. 황금빛으로 불타는 눈동자. 붉게 물든 털에는 팔꿈치에서 잘린 병사의 팔이 걸려 흔들리고 있다.

흰 털을 가진 거대한 육식동물이었다.

소대장은 깨달았다. 창고 안에는 총성은커녕 살아있는 병사의 기척 하나 존재하지 않는다는 것을.

"모두…… 죽은, 건가……?"

"네. 그렇습니다."

하얀 짐승이 대답했다.

흠칫 놀란 소대장이 총구를 향한다. 총구에 달린 택티컬 라이트가 비춘 것은 이미 짐승이 아니었다.

한 명의 소년이었다.

앞머리를 비스듬히 자른 하얀 머리카락. 아직 앳된 얼굴. 목까지 완전히 덮어 감춘 검은 외투가 있는 듯 없는 듯한 바람에 펄럭이고 있다.

"그렇다면…… 진짜, 였던 건가." 소대장은 경악한 목소리로 말했다. "백호의 이능력자…… '포트 마피아의 하얀 사신'이, 나이도 차지 않은 소년이라는 소문이."

소년은 작게 턱을 당겨 끄덕였다.

"이걸로 끝입니다." 소년은 조용히 말했다. "당신들은 포트 마피아 보스의 암살을 계획했어요. 실행일까지 그 비밀작전을 전혀 눈치채지 못하게 한 수완은 과연 프로 용병답습니다."

그 눈에 분노는 없었다. 학살의 어두운 환희도 없었다. 단지 압도적인 고요와 어둠만이, 소년을 축복함과 동시에 저주하며 소년 주위에 달라붙어 있었다.

"하지만 당신들이 암살의 프로라면, 우리 보스는—— 말하자면 암살당하는 데 프로. 엄청난 실력의 암살자가 목을 노리고 매일같이 마피아 본부 빌딩에 침입합니다. 매일 말이에요. 하지만 그들이 암살에 성공한 적은 한 번도 없죠. 1층 로비를 빠져나갈 수조차 없어요. ——당신들이 몸으로 경험한 것처럼."

"……애송이가……."

소대장은 자신의 손가락이 떨리고 있는 것을 깨달았다. 어떠한 전투에서도, 어떠한 대군과의 전투에서도 식은땀 하나 흘린 적이 없었던 역전의 병사의 손가락이—— 소년 한 명에게 떨리고 있었다.

눈앞에 있는 소년은 전혀 인간으로 보이지 않았다.

그것은 자신에게 선물처럼 상냥하게 찾아온 죽음 그 자체였다.

그렇다면——.

"그렇다면, 기다리고 있었다, 사신." 소대장은 품속에서 주먹 크기의 무선장치를 꺼냈다. "확실히 우리는 이미 승리를 얻을 수 없다. 그러나 패배하길 거부할 수는 있다."

소년의 눈이 가늘어진다.

"보이나. 기폭장치다." 소대장은 무선장치의 버튼을 엄지손가락으로 눌렀다. "우리가 아무 생각도 없이 이 창고를 전장으로 골랐다고 생각하나? 이 건물은 우리의 폭발물 보관 창고다. 이 기폭장치로 모든 폭탄이 일제히 터진다."

소년의 안구가 어두운 금빛으로 빛났다. 동공이 고양이 눈처럼 세로로 가늘어진다.

"무슨 짓을――."

"어허, 다가오지 마라." 소대장이 자기가 누른 단추를 들어 보였다. "보이나? *데드맨 스위치다……. 버튼을 누른 순간이 아니라 뗀 순간 폭발한다. 다시 말해 지금 나를 죽이면 손가락이 떨어져서 너까지 한꺼번에 가루가 된다."

소대장을 죽이면 폭발과 붕괴로 전원이 죽는다. 건물에서 탈출하려 하면 소대장이 손가락을 떼서 폭발해 전원이 죽는다. 기폭장치를 빼앗아도 버튼을 다시 누르기 전에 한순간 손가락이 떨어지기 때문에 역시 전원이 죽는다.

"병사에게는 병사가 죽는 방법이 있지." 소대장이 버튼을 누른 채 다른 한 손으로 총을 겨누었다. "싸우다 죽는 거다. 전장에서 동료와 함께. 너 같은 적을 없애고 죽을 수 있다면 나쁜 죽음은 아니야."

"죽는 게 무섭지 않은 거군요. 부러워요." 소년은 슬픔을――혹은 슬픔과 비슷한 어떠한 감정을 목소리에 희미하게 내비치며 말했다. "하지만 저는 죽는 게 무서워요. 아픈 게 무서워요. 총에 맞는 것이, 피를 흘리는 것이 무서워요. 그래서 사신이 되었습니다. 사신이 되어 죽음 그 자체와 하나가 되면―― 죽음은 저를 찾아낼 수 없으니까요."

"죽는 게 무섭다고? 그래서 내 부하를 죽였다는 거냐." 소대

* 데드맨 스위치 : 조작하던 사람이나 기계 등이 무력화되었을 때 장비에 통제사의 무력화를 알려주는 스위치.

장의 눈이 가늘어졌다. "그렇다면, 이 버튼을 누르면 네게 공포를 줄 수 있다는 말인가. 그건── 더없이 좋은 보수로군."
소대장은 짧게 경련하듯 웃고 나서── 손가락을 뗐다.
"…………."
아무 일도 일어나지 않았다.
소대장은 자신의 손가락을 보았다. 분명히 손가락을 뗐다── 그러나 엄지손가락은 아직 버튼을 누르고 있다.
소대장은 손을 털어 버튼을 떼어내려 했지만, 기폭장치와 엄지손가락만이 공중에 머물러 있었다.
"이것, 은……."
하얀 칼날이 엄지손가락 뿌리 쪽에 슬며시 미끄러져 들어와 엄지손가락을 잘라냈다.
반사적으로 다른 한 손에 든 총을 쏘려 했지만── 그쪽 손가락도 없었다. 방아쇠에 걸었던 손가락만이 바닥에 떨어져 있다.
"죽여도 돼?"
어린 목소리가 들렸다.
조금 전의 호랑이보다도 더욱 부드럽게 어둠과 일체화되어 녹아들어 있던 그림자가 기폭장치와 엄지손가락을 가볍게 쥐고 있었다.
"죽일 필요는 없어, 교카." 소년이 다정하게 대답했다.
소대장 뒤편의 어둠 속에서── 하얀 손과 하얀 단도가 슥 나타났다. 날카로운 칼끝이 소대장의 목을 정확하게 겨누고 있다.

단도를 들고 어둠에 가라앉아 있던 것은 기모노를 입은 소녀였다.

어둠 빛깔의 긴 머리카락. 안쪽의 뼈가 비쳐 보일 만큼 희고 투명한 피부.

"하지만 이 사람은 너를 죽이려고 했어." 교카라 불린 소녀가 내려와 쌓이는 눈처럼 조용한 목소리로 말했다.

"알아." 소년은 대답했다. "하지만 한 명은 살려서 돌려보내라고 보스가 명령했어. 암살부대가 어이없이 참살당했다는 걸 그들의 상층부에 전달할 자가 필요하니까."

"하지만."

소녀가 앳된 목소리로 말하며 단도를 조금 움직였다. 칼끝이 소대장의 목에 약간 들어가 피가 흐른다.

"괜찮아. 손가락이 그만큼이나 잘렸으면 두 번 다시 총은 쥘 수 없어. 돌려보내도 나중에 보복당할 염려는 없어."

소녀는 고개를 조금 갸웃했다. 어둠 빛깔의 머리카락이 가볍게 뺨에 걸쳐진다.

그 표정은 공중에 녹아 사라져버릴 것처럼 희미하다.

"너에게 위험이 없다면."

소녀는 거의 입술을 움직이지 않으며 그렇게 말하고 단도를 품속에 도로 넣었다. 심해의 부유생물을 연상케 하는 유려한 동작으로 조용히 멀어진다.

"고마워."

소녀는 표정을 전혀 바꾸지 않고 눈빛만으로 미소 지었다.

"바보, 같은…… 믿을 수 없어." 소대장은 양손 손가락의 절단면을 누르며 고통스러운 표정으로 중얼거렸다. "소녀 암살자…… 이즈미 교카? 그 '35명 살해자'인……? 바보 같은, 어째서 '포트 마피아의 하얀 사신'과 같이 있지…… '35명 살해자'는 포트 마피아를 배신하고 모습을 감췄을 텐데……!"

"마피아를 한 번 배신한 건 사실이야." 소년이 말했다.

"하지만 돌아왔어." 교카가 살며시 소년 옆에 다가섰다. "모든 것은…… 이 사람을 위해서."

두 사람은 고요했다. 어둠 속에 떠오른 하얀 두 사람이 말을 할 때마다 주위의 고요함이 더해가는 것 같다.

"병사님, '병사에게는 병사가 죽는 방법이 있다'고 당신은 말했지요. 저는 그 말을 존중합니다. 그러니 당신이 우리를 상대로 이길 수 없는 싸움을 하겠다고 결정한다면 그것도 좋겠지요." 소년은 속삭이는 듯한 목소리로 말했다. "그럴 경우, 저는 두려운 죽음에서 벗어나기 위해 온 힘을 다해 당신의 목숨을 빼앗을 겁니다."

소대장은 핏발 선 눈으로 두 이능력자를 노려보았지만, 이윽고 어깨를 떨구었다.

말 대신 바닥에 금속이 구르는 가벼운 소리가 울린다. 소대장이 총을 버린 것이다.

"감사합니다."

소년이 인사를 하고 출구로 걸어갔다. 교카가 그를 따른다.

소년과 교카는 눈길도 주지 않고 소대장 옆을 지나쳤다. 그대로 창고 출구로 향한다.

소대장은 고개를 돌려 멀어지는 두 사람의 뒷모습을 바라보았다. 이미 등 뒤에 사람 따위는 존재하지 않는다는 듯이 걸어가는 태연한 뒷모습을.

"소년. ……이름은?"

소대장이 물었다.

대답을 기대한 질문은 아니었지만 뜻밖에도 대답이 돌아왔다.

"나카지마 아쓰시."

소년의 맑은 목소리가 창고 안에 울렸다.

나카지마 아쓰시…….

소대장은 직감했다. 앞으로 몇 번이고, 자신은 그 이름을 두려움과 함께 떠올리리라. 어둠을 볼 때마다, 짐승을 볼 때마다. 피 냄새와 하얀 살의의 악몽에 가위눌려 몇 번이고 벌떡 일어나리라.

이젠 병사를 계속할 수 없다.

자신의 병사 인생은 여기서 끝난 것이다.

소대장은 무릎을 꿇고 웅크렸다.

발소리가 멀어지고 어둠과 고요함이 돌아와도, 소대장은 웅크린 채 어린아이처럼 떨고 있었다.

아쓰시와 교카는 창고를 나와 해변 도로를 걷고 있었다.

가로등만이 차갑게 비추는 길을 몇 십초 걷고 나서── 아쓰시는 갑자기 자세를 무너뜨리고 길에 무릎을 꿇었다.

"괜찮아?"

교카가 빠르게 달려온다.

"괜, 찮아…… 교카." 아쓰시는 무릎을 꿇은 채 괴로운 듯이 신음했다. "이번에는 꽤나 길게 '변해 있었' 으, 니까…… 조금, 힘들었어."

교카가 재빨리 아쓰시의 검은 외투를 열고 긴 옷깃에 감추어져 있던 목덜미를 노출시켰다.

아쓰시의 목에는 거대한 목걸이가 채워져 있었다.

검고 중후한 쇠고리다. 날카로운 발톱 같은 장식이 바깥쪽에도, 그리고 안쪽에도 붙어 있다. 말뚝 같은 그 발톱이 목의 피부를 찢고 파고들어 피가 몇 줄기나 흘러내리고 있었다.

"빨리 벗겨내야 해." 교카가 손가락을 뻗어 목걸이를 빼려고 했다.

"됐어." 아쓰시가 괴로운 듯이 말했다. "이 목걸이의 구속과, 아픔이, 없으면…… 호랑이의 힘을 제어할 수 없으니까. 호랑이가 폭주하면 너에게도 위험이 미쳐."

"하지만."

"우리가 배웅해 드리지요, 아쓰시 님."

가로등 빛이 닿지 않는 어둠 속에 검은 옷의 무리가 서 있었다.

"히로쓰, 씨." 아쓰시가 목덜미를 누르며 괴로운 듯이 미소 지었다. "그리고, 검은 도마뱀 여러분…… 주변을 감시해 줘서, 고마워."

열 몇 명의 검은 옷들이 한결같은 동작으로 고개를 숙였다.

"예정대로 적을 섬멸한 모양이군요. 훌륭합니다." 검은 옷들의 선두에 선 초로의 신사가 작게 끄덕였다. "지금은 거점에서 치료를 받으시지요. 그런 뒤에 보스에게 보고를."

"알고 있어." 아쓰시는 끄덕였다. "보스의 작전은 여전히 완벽했어……. 적을 어둠으로 끌어들여 섬멸한다. 함정인 폭탄에 대해서도 사전에 꿰뚫어보고 교카를 배치해 줬어."

아쓰시는 휘청거리는 다리를 손으로 받치며 일어섰다.

"바로 보스에게 가겠어. 다음 임무가 있을 테니까." 아쓰시는 똑바로 앞을 보며 말했다. " 그 사람은 나를 구해줬어. 지옥에서 구해내서 조직으로 이끌어 줬어. 나는 그 사람의 명령을 절대 배신하지 않아."

그리고 걷기 시작했다. 어둠을 등지고, 천진한 표정으로.

"바로 간다고, 보스에게—— 다자이 씨에게 연락해 줘."

찻집 입구가 열리고 남자가 들어왔다.

"아." 다니자키가 고개를 돌려 그 모습을 확인하고 목소리를 높였다. "수고 많으십니다. 늦으셨네요."

"늦었어." 구니키다도 뒤돌아보고 말했다. "네가 데려온 신입 때문에 작은 소동이 일어났다. 어떻게 좀 해라."

키 큰 남자는 머리를 벅벅 긁었다. 그리고 입을 열었다.

"그래—— 좀 늦었어."

키 큰 남자가 휘청거리는 발걸음으로 테이블로 다가왔다.

그리고 초조한 모습으로 바닥을 닦는 아까 그 여종업원에게 담담한 목소리로 말했다. "카레 하나."

그리고 아쿠타가와 옆에 앉았다.

적갈색 머리카락, 모래 빛깔의 긴 코트. 턱에는 제멋대로 난 수염. 무언가에 집중하고 있는 듯한, 그러면서도 아무것도 생각하지 않는 듯한, 뜻을 읽을 수 없는 얼굴을 하고 있다.

"시간에 늦은 이유가 뭐지, 오다?" 구니키다가 물었다.

"2번가에 있는 담배 가게 할머니에게 붙들려서 이야기 상대를 하고 있었어." 오다가 무뚝뚝한 목소리로 대답했다.

"또냐." 구니키다가 얼굴을 찡그렸다. "너는 말이 많은 노인에게 잘 붙잡히는군. 경로정신은 좋지만 일에 세 시간이나 지각하는 건 문제야. 도중에 딱 잘라라."

"잘랐어. 하지만 아무도 진지하게 받아들이지 않아." 오다는 이상하다는 얼굴로 대답했다.

"네 말은 어디까지가 진심인지 잘 알 수가 없으니 말이지……." 구니키다는 곤란하다는 얼굴로 말했다. "그럼 최소한 싫다는 표정을 지어서 돌아가고 싶어 한다는 걸 눈치채게 해."

"하는데, 아무도 눈치를 못 채."

"진짜냐? 시험 삼아 지금 해 봐."

오다는 멍하니 구니키다를 쳐다보며 침묵했다.

구니키다는 몇 초 기다리고 나서 미심쩍은 얼굴로 물었다. "아직이냐?"

"지금 하고 있어."

"아, 그래……." 구니키다가 피곤한 모습으로 말했다.

두 사람의 모습을 곤란한 듯이 보고 있던 다니자키가 분위기를 바꾸려는 듯이 말했다. "저기, 아쿠타가와 씨. 이미 알고 있을 거라 생각하지만 일단은 소개할게. 이쪽은 오다 사쿠노스케 씨. 2년 전에 입사한 탐정사 사원으로 오늘부터 너를 지도할 선배야."

"잘 부탁합니다, 오다 선배." 아쿠타가와는 순순히 머리를 숙였다.

"그래." 오다는 표정 변화 없이 끄덕였다. "그 뒤로는 제대로 먹고 있나."

"네."

"그럼 됐다."

고개를 끄덕인 오다 앞에 여종업원이 카레 접시를 살짝 놓았다. 오다는 눈짓으로 끄덕였다.

"강가에서 오다 선배가 발견해 주시지 않았더라면 그대로 객사의 쓰라림을 맛보았을 겁니다."

순종적인 모습으로 머리를 숙이는 아쿠타가와를 보면서 구니키다가 말했다. "뭐, 고아를 보면 내버려두지 못하는 건 오다의 습성이니 말이지……."

"딱히 이유는 없어." 오다는 그렇게 말하고 은수저로 카레를 떠서 한 입 먹었다. "이 카레…… 하나도 맵지 않군. 어린이용인가?"

그리고 가게 안쪽으로 고개를 돌려 점원에게 말을 걸었다. "아가씨. 미안하지만 좀 더 매콤한——."

아쿠타가와가 오다를 공격한 것은 그때였다.

예비동작도 살기도 없이 쏘아낸 필살의 칼날. 오다의 시야 밖에서 머리를 정확하게 노리고 예리한 칼날이 덮쳐든다. 명중하면 소리도 없이 목이 잘려 머리가 데구루루 떨어지겠지.

오다는 그 일격을 은수저로 받아냈다.

수저로 칼날을 밀어 궤도를 바꾼 것이다—— 돌아보지도 않고.

얼굴 옆을 칼날이 스쳐 지나가며 공기를 태웠다. 오다는 그것을 흘끗 보고 나서 점원에게 말했다. "매콤한 카레로 바꿔 줄 수 있나?"

가게 안쪽에서 점원이 알겠다고 대답했다.

"뭐……."

한편, 눈앞에서 살인미수가 일어난 것을 본 탐정사 사원들은 기겁한 얼굴로 굳어 있었다.

구니키다가 목구멍에서 목소리를 짜냈다. "지금 그건 뭐야?"

오다는 구니키다 쪽을 보고 말했다. "카레는 매콤해야 하는

법이거든."

"그게 아니야!" 구니키다가 외쳤다. "이봐, 신입! 무슨 생각이지! 지금 그 공격, 아무리 봐도 목을 뎅겅 자르는 궤도였다고!"

"무슨 생각, 이라니?"

아쿠타가와가 대답함과 동시에 옷이 변한 칼날이 두 개 더 공간을 꿰뚫었다.

잿빛 칼날이 오다의 얼굴과 심장, 두 곳을 정확하게 노린다. 그러나 오다는 머리를 가볍게 젖히고 몸을 비스듬히 기울여 공격을 피했다. 피하기 전에도 피한 후에도 칼날에 시선 하나 주지 않았다.

"이봐!"

"강가에서 이 녀석을 주웠을 때 갑자기 덤벼들었었어." 오다는 몹시도 평범한 표정으로 말했다. "내가 격퇴했더니 아쿠타가와가 강함을 얻을 방법을 가르쳐 달라고 말했어. 사람을 단련시키는 방법 따윈 모르지만 회사 후배가 되면 지도쯤은 할 수 있다고 대답했어. 그래서 그가 지금 여기 있지."

오다는 손으로 아쿠타가와를 가리켰다. 아쿠타가와는 솔직하게 끄덕였다.

"나는 행운아다. 이 정도로 실력 있는 자는 만난 적이 없다."

고개를 끄덕이면서 비스듬히 칼을 날리는 아쿠타가와. 오다는 은수저로 스르륵 받아넘긴다.

"아니…… 아니아니." 구니키다는 머리를 흔들었다. "그야 오다의 이능력은 강력하지만…… 그렇다고 가게 안에서 날뛰는 놈이 어디 있나! 아무튼 그만둬! 강함을 추구할 거면 적어도 연습장에서 해라!"

"원수가 연습장에서 기다린다면 고생은 하지 않겠지." 아쿠타가와는 날카로운 눈빛으로 말했다. "조우의 순간은 길바닥일지, 가게일지, 혹은 열차 안일지…… 어느 쪽이건 적합한 곳에서 싸울 기술이 필요하다. 그렇지 않으면 의미가 없다."

"원수라고?"

"죽이고 싶은 상대가 두 명 있는 모양이야." 오다가 아쿠타가와를 보면서 말했다. "그걸 위해서 지금까지 이능력을 갈고닦았다는군."

"그중 한 명은 얼굴도 출신도 모르는 남자다." 아쿠타가와가 말을 이었다. "나는 '검은 옷의 남자'라고 부르고 있다. 여동생을 잡아간 남자다. 놈을 죽이고 생이별한 여동생을 되찾을 것이다."

"생이별? 여동생과?" 다니자키가 퍼뜩 아쿠타가와를 보았다. "하아…… 그래서 조금 전 여동생 이야기를 할 때 화를 낸 거구나."

나오미가 아쿠타가와를 보고 말했다. "여동생이 어디 있는지 짚이는 곳은요?"

"전혀 짐작도 가지 않는다. 생사조차 불명이다." 평소에는 감정을 내비치지 않는 아쿠타가와의 눈동자 속에 희미한 빛이 흔들렸다. "그러나 반드시 찾아낼 것이다."

"탐정사에서 찾고 싶은 사람이라는 건 그거였나." 구니키다가 팔짱을 꼈다. "확실히 탐정사라면 시 경찰의 신원불명인 정보도 열람할 수 있고, 뒷세계에 관한 정보도 얻기 쉽지만……."

다니자키가 곤란한 얼굴로 말을 이었다. "그래도 이 광대한 도시에서 사람 한 명을 찾기란 쉽지 않으니까요."

"우후후후…… 여러분, 무슨 말씀이세요?" 나오미가 입술 끝을 들어 올리고 유쾌한 듯이 말했다. "아쿠타가와 씨, 당신은 정말 현명한 선택을 하셨어요. 왜냐하면 행방불명인 여동생을 찾는 거라면 탐정사보다 적합한 조직은 이 세상 어디에도 없으니까요."

나오미는 즐거운 듯이 모두를 둘러보고 작은 목소리로 비밀스럽게 말했다. "그렇지 않나요? 왜냐하면 탐정사에는 그분이 계시는걸요."

"아."

"그런가…… 확실히."

"그 말대로군."

모두가 하나같이 고개를 끄덕였다.

"아쿠타가와 씨, 당신의 여동생은 찾은 거나 다름없어요." 나오미는 미소 지으며 일어섰다.

"그럼 가지요. 소개해 드리겠어요…… 세계 최고의 명탐정을!”

포트 마피아의 본부 빌딩.

요코하마에서 가장 입지 좋은 곳에 솟은 검은 건축물. 새로 지어 외관이 깔끔한 고층 빌딩이지만 그 안쪽은 난공불락의 요새이다. 창유리는 전부 방탄 · 방폭. 외벽은 전차의 곡사포마저도 막아내는 특별 사양이다. 군의 요새 시설에 버금가는 방어력이다.

아쓰시는 그 빌딩 안을 나아갔다.

총으로 무장한 말없는 동료들 사이를 빠져나가 왕이나 제후의 알현실에나 있을 법한, 털이 긴 고급 융단을 밟으며 목적지로 향한다.

그리고 복도의 막다른 곳, 견고하게 만들어진 프렌치도어 앞에 멈춰 섰다.

“보스. 아쓰시입니다. 부름을 받고 찾아뵈었습니다.”

몇 초의 간격을 두고, “들어와라.” 하는 목소리가 들렸다.

“실례합니다.”

넓은 보스 집무실에는 독특한 분위기가 있었다. 조명으로 쓰는 장식 촛대도, 중앙에 놓인 집무용 책상도 세상에 둘도 없는 고급 골동품이다. 그러나 어떠한 장식품이든 전부 이 방에 실수로 헤매 들어온 외부인처럼 보인다.

방에는 죽음의 기운이 충만했다.

바닥도 천장도 검은색. 사방의 벽도 검은색. 벽 중 하나는 전류를 흘리면 투명하게 바뀌어 요코하마 거리를 조망할 수 있는 전면 창이 되지만 그 기능은 최근 4년간 한 번도 사용되지 않았다.

모든 것은 현재 보스—— 다자이를 저격과 포격에서 지키기 위해서다.

"예의가 없군, 유격대장." 방 뒤편에 대기하던 간부가 말했다. "보스 앞이다. 주의해라."

아쓰시는 곧장 한쪽 무릎을 꿇고 웅크려 깊이 머리를 숙였다. "죄송합니다."

이 방에는 두 사람이 있었다.

한 사람은 방 뒤편에 직립부동으로 대기하고 있는 호위 간부다. 검은 정장에 검은 모자. 소년으로 착각할 듯한 체구지만 그는 조직 제2위의 권력을 가진 최고 간부로, 마피아 최강의 이능력자였다.

다른 한 사람은 중앙의 검은 왕좌에 앉아 통신기에 말을 하고 있는 이 방의 주인.

"괜찮다, 추야. ——수고했다, 아쓰시. 귀환을 환영하지."

그 목소리는 왕의 위엄과 악마의 무자비함을 동시에 갖추고 있었다.

거대 암흑조직 포트 마피아를 통솔하는 보스, 다자이 오사무.

검은 외투도 검은 구두도 유럽의 왕후귀족마저도 부러워할 만한 최고급품이다.

"감사……합니다, 다자이 씨."

아쓰시는 얼굴을 숙인 채 긴장한 목소리로 말했다.

곧장 추야의 낮은 목소리가 끼어들었다. "아앙? 보스라고 불러라, 견습. 죽고 싶냐."

"워워, 추야, 괜찮잖나." 다자이는 다리를 반대로 꼬며 말했다. "그보다 그와 둘이서 이야기를 하고 싶다. 추야, 잠시 비켜 다오."

"뭐어!?" 추야는 조금 전과는 돌변한 거친 말투로 말했다. "무슨 소리를 지껄이냐. 간부도 비서도 아닌 일개 조직원이 네놈과 직접 만나고 있는 것만으로도 특례 중의 특례라고."

"왜지? 아쓰시는 신뢰할 수 있는 부하다."

"신뢰는 상관없어. 이 자식이 이능력으로 조종당하고 있거나, 자기도 모르는 사이에 폭탄이 심어졌으면 어쩔 거야? 전례도 있을 텐데. 둘만 남겨두다니 허가할 수 있을 리가 없잖아."

다자이는 미소 지으며 추야를 보았다.

"허가? 허가 따윈 구하고 있지 않아, 추야. 너는 간부, 그리고 나는 보스. 그리고 마피아에게 명령은 절대적이다. 지휘계통은 중요하게 여겨야지."

추야는 잠시 불쾌한 듯한 얼굴로 침묵했지만, 이윽고 난폭한 발걸음으로 걸어 나갔다.

"아아, 그러셔. 그럼 마음대로 해라."

아쓰시 옆을 성큼성큼 지나가며 추야는 그렇게 내뱉었다.
아쓰시 옆을 지나간 뒤 한순간 멈추고는, 아쓰시 쪽을 보지 않고 말했다.
"보스를 죽게 만들면 용서하지 않는다, 견습. ……이 자식은 언젠가 내가 죽여 버릴 거니까."
그리고 문을 난폭하게 열고 나갔다.
"이거야 원. 죽이고 싶을 만큼 싫어하는 나와 지켜야만 하는 보스인 나, 둘 사이에서 헤매며 괴로워하는 추야를 보는 건 재미있지만…… 이럴 때는 좀 너무했나 싶군." 다자이가 쓴웃음을 지으며 다시 아쓰시를 보았다. "편히 있게, 아쓰시."
아쓰시는 일어나서 열중쉬어 자세를 했다.
"그래…… 작전 결과 보고는 들었다. 적 부대를 혼자서 섬멸한 모양이군."
"네."
"자네가 죽인 적 부대는 조계지의 외국 군벌에게 고용된 용병이다. 하지만 그 뒤에서 실을 조종하고 있었던 건 중앙에 있는 높으신 양반이겠지." 긴 다리를 반대로 꼬며 다자이는 부드러운 목소리로 말했다. "최근 4년간 근해의 항해권을 거의 차지해 버린 포트 마피아에게 골치를 썩이다 이번 암살을 계획했겠지. 딱한 이야기야……. 이번 습격 실패로 그 높으신 양반에게는 더욱 두통의 씨앗이 늘어날 거야."
그렇게 말하고 다자이는 유쾌한 듯이 눈을 가늘게 떴다.
다자이가 선대의 뒤를 이어 보스가 된 지 4년. 그사이 포트 마피아는 이전과는 비교할 수 없을 정도로 급속히 권력을 확대해 갔다. 사법, 유통, 은행, 도시개발. 요코하마는 물론이고 관동 일대에서 포트 마피아가 영향력을 행사할 수 없는 기관은 존재하지 않으며, 그 무력은 바야흐로 국가기관에 필적할 정도의 규모가 되었다.

그 위업들은 전부 새로운 보스인 다자이의 수완에 의한 것이었다.

그는 4년 전에 선대인 모리에게 보스의 자리를 물려받은 이래로 한숨도 자지 않았다는 소문이 돌았다.

"그럼…… 곧바로 다음 임무에 관해 설명하지. 아쿠타가와가 요코하마의 탐정사에 입사함으로써 계획은 제2단계를 통과했다. 지금부터 제3단계 준비에 들어간다."

"탐정사? 제3단계……?" 아쓰시는 고개를 갸웃했다. "무슨 이야기죠?"

"거대한 계획이야, 아쓰시. 정신이 아득해질 만큼 말이지." 다자이는 미소 지었다. "그리고 그 계획에는 자네의 임무 수행이 불가결해. ……난 너를 의지하고 있어, 아쓰시. 표정 하나 바꾸지 않고 적을 도륙하는, 공포를 모르는 '포트 마피아의 하얀 사신'."

그 말의 불길한 울림이 방 안에 메아리치고는 벽과 바닥에 빨려들어 사라지는 것을, 아쓰시는 가만히 귀를 기울이며 듣고 있었다. 그러고 나서 말했다.

"공포를 모르는 건 아닙니다." 조용하고 메마른, 전장의 백골을 떠올리게 하는 목소리였다. "저는 겁쟁이예요. 총에 맞는 것도, 자신의 피가 흐르는 것도 너무 무서워요."

"하지만 보고받기로는, 자네는 무표정으로 역전의 병사들을 살육했다고 들었어."

"네. ……전장은 무서운데, 몸은 땀 한 방울 흘리지 않고, 조금도 떨리지 않아요. 잔잔한 호수처럼 반응이 없죠. 그때부터 계속."

다자이의 눈이 날카롭게 가늘어졌다.

"그때라." 다자이는 말했다. "그건 자네가 내 명령을 무시하고 행동한 그날 얘긴가?"

아쓰시의 얼굴에서 감정이 멀어져 갔다. 원래부터 거의 없던 표정이 텅 비어 사라졌다. 그리고 완전한 무(無)가 되었다.

"저, 는."

그 목소리는 떨리고 있었다.

"저는, 그건, 그 사건은." 아쓰시는 무릎을 꿇고 자신의 팔을 껴안듯이 붙잡았다. 관절이 하얗게 될 정도로 팔에 파고든 손가락이 남김없이 떨리고 있었다.

그것은 공포에서 오는 떨림이었다. 진정한 공포, 죽음보다 더욱 깊은 곳에서 오는 영혼의 비명이었다.

"아니야, 나는, 나는――."

"자네가 겁쟁이라는 건 맞는다고 생각해. 일찍이 자네는 적 앞에서도 도망칠 길을 찾는 겁 많은 소년이었지. 하지만 그날을 경계로 변했어. 왜인지 아나?"
아쓰시는 떨고 있다. 귀 뒤에서 식은땀이 끊임없이 흘러 떨어진다.
"공포를 지워버리는 것 역시 공포다. 그날부터 자네는 허용량을 넘어선 공포를 계속 느끼고 있어. 1초도 쉬지 않고……. 그것이 다른 공포에 대한 반응을 빼앗아 버린 거야. 총도, 날붙이도, 적의 살의도 자네의 마음속까지 닿는 일은 결코 없어. 거기에는 이미 괴물 같은 공포가 가로놓여 있기 때문이지."
다자이가 냉철한 눈동자로 아쓰시를 보았다.
아쓰시는 다자이의 말을 듣고 있지 않았다. 식은땀이 흘러내리고 무릎에서 발끝까지 부들부들 떨고 있다. 언제 앞으로 쓰러져도 이상하지 않다.
"아직 벗어나지 못했나? ——자네가 죽은 공포에서."
"아, 아니야, 나, 나는, 무서, 무서워하지——."
이미 스스로 제어할 수 없을 만큼 떨리는 탓에 아쓰시는 바닥에 웅크렸다.
"명령, 해 주세요, 다자이 씨." 아쓰시는 떨리는 어금니 안쪽에서 간신히 목소리를 쥐어짜냈다. "지금 당장. 이제 다시는 당신의 명령을 거스르지 않을게요. 절대로, 절대로, 절대로."
"그 말을 믿지." 다자이는 그런 아쓰시를 냉철하게 내려다보며 말했다. "그럼 필요한 서류를 비서가 건네줄 거야. 자세한 내용은 그걸 확인하길 바라네."

안쪽 문에서 소리도 없이 여자 비서 한 명이 나타났다.

아쓰시와 거의 같은 나이 또래의 조용한 여성이다. 날렵한 검은 정장을 마치 피부처럼 자연스럽게 걸치고 있다. 길고 검은 머리카락을 뒤에서 묶었다.

거기 서 있는 것만으로도 주위의 소리를 흡수해 버릴 듯한 눈을 한 여성이다.

"긴, 지도와 편지를 줘."

"여기 있습니다."

긴, 이라 불린 비서는 검은 봉투를 다자이에게 건넸다.

다자이는 그것을 받아들고 아쓰시를 향해 말했다.

"아쓰시. 자네의 다음 표적은—— 무장 탐정사다."

무장 탐정사 사무소는 어수선했다.

여러 회사가 입주한 빌딩의 4층. 사무용품이 어수선하게 널려 있는 넓은 플로어에서는 사무원들이 책상에 앉아 맹렬히 업무를 처리하고 있었다.

탐정사의 직무는 주로 사무원과 조사원으로 나뉜다. 사무원은 서류, 회계처리, 회사 외부와의 연락과 교섭, 정보처리를 담당한다. 조사원은 실제로 조사에 임하여 위험한 현장에 뛰어들어 사건을 해결한다.

그런 업무 성격상 조사원은 모두 무언가 이능력을 소유하고 있다.

——단 한 사람을 제외하고.

"사람 찾기~? 싫어—. 귀찮아."

사무용 책상에 발을 걸치고 막대 사탕을 핥으며 에도가와 란포는 말했다.

"란포 씨, 그걸 어떻게 좀……."

란포 주위에 곤란한 얼굴로 늘어선 것은 찻집에 있었던 멤버—— 다니자키, 오다, 구니키다, 아쿠타가와, 나오미다.

"신입 아쿠타가와 씨에게는 생이별한 여동생이 있대요." 다니자키가 중재하려는 듯한 표정으로 말했다. "여동생에 관한 불행한 일에는 가만히 있을 수가 없어서…… 듣기로 여동생 분은 '검은 옷의 남자' 라고 불리는 인물에게 유괴되었다는데요."

앉아있던 란포의 표정이 움찔 움직였다.

란포는 천장으로 얼굴을 향한 채 시선을 오른쪽으로 움직이고, 왼쪽으로 움직이고, 다시 오른쪽으로 움직였다. 그리고 말했다. "얼굴과 이름은?"

"불명이다." 아쿠타가와가 말했다. "허나 목소리를 들으면 나는 반드시 알 수 있다."

"하—아." 란포는 고개를 뒤로 젖히고 커다랗게 한숨을 쉬었다. "왜 이렇게 세상에는 바보와 무지렁이와 착각꾼들밖에 없는 걸까."

"뭐라고?" 아쿠타가와의 눈이 날카롭게 가늘어진다. "내가 그중 하나라고?"

"자, 자." 다니자키가 황급히 아쿠타가와를 달랜다.

"알겠어? 먼저 말해 두겠는데 말이야." 란포가 몸을 일으키면서 말했다. "나는 세계 최고의 명탐정이지만 내키지 않는 사건은 수사하지 않아. 즉 문제는 너에게 있어."

"수사할 필요는 없다." 아쿠타가와가 파랗게 질린 얼굴로 말했다. "여동생은—— 긴은 내가 혼자서 찾아낸다."

란포는 한숨을 한 번 내쉬고는 품속에서 한 장의 종이를 꺼내 책상 위에 날렸다.

아쿠타가와는 단 한순간 종이에 눈길을 떨어뜨리고 나서 다시 란포를 보았다. "이것은?"

"'OK 카드'."

란포는 그렇게 말했다.

"오케이……, 뭐라고?"

막대 사탕을 입속에서 굴리며 란포는 가벼운 어조로 말했다. "네게 뭔가를 찾는다는 동기가 있다는 건 사전에 귀에 들어왔었고, 그렇다면 조만간 나에게 의논하러 온다는 건 명백하지. 그래서 이미 사전 조사를 끝내서 대략적인 장소는 짐작하고 있어. ……네 여동생은 살아 있어."

"뭐라고!" 아쿠타가와는 갑자기 몸을 내밀었다. "어디냐, 긴은 어디에 있어!"

"그러니까 그 카드를 보라고."

아쿠타가와는 다시 종이를 보았다. 손바닥에 들어갈 만한 크기의 두꺼운 직사각형 종이. 하얀 지면이 검은 직선으로 여섯 개로 나뉘어 있다.

"탐정사 조사원 모두에게 사정을 설명하고 모두에게 승낙의 표시로 'OK 도장'을 그 카드에 받아 올 것. 그게 여동생을 찾는 조건이야. 참고로 사장님한테는 이미 받아놨어."

여섯 개로 나뉜 칸 중 하나에 선명한 붉은색으로 'OK'라고 쓰인 인감이 찍혀 있었다. 남은 다섯 칸은 공백이다.

"'OK 도장'을 받는 조건은 뒷면에 쓰여 있어. 기본적으로는 무언가 대가 혹은 조건을 요구하고 그에 응했을 경우에만 도장을 받을 수 있어. 어떤 대가를 요구할지는—— 뭐, 각 사원 재량으로 좋을 대로 하면 돼."

란포는 그렇게 말하고 나무로 된 인감을 꺼내 책상 위에 굴렸다.

"즉…… 모두에게 허가를 받으면 여동생이 있는 곳을 가르쳐 준다는 것인가." 아쿠타가와가 생각에 잠긴 표정을 지으며 말했다. "헌데 사장님이 이미 날인한 이유는?"

"내가 명탐정이니까." 란포는 사탕을 핥으며 말했다. "애초에 그 카드 제작을 나에게 명한 것도 사장님이야. 너의 의뢰를 어떻게 할지 사전에 사장님에게 상담했거든. 그랬더니 신입이 모두에게 받아들여질 수 있도록 조처하라고 했어. 뭐, 사장님의 명령은 거절할 수 없으니까."

아쿠타가와는 잠시 생각에 잠긴 얼굴로 종이를 바라보고

있었다.

하지만 문득 뜻을 정한 듯이 종이를 손에 들었다.

“4년 반이다. 4년 반 동안 여동생을 찾았다. 반신이 뜯겨나간 채, 단면에서 보이지 않는 피를 흘리면서…… 이제 와서 종이에 도장을 받으러 다니는 시간쯤이야 대수롭지도 않다.”

“그렇게 나와야지.” 란포는 미소 지으며 말했다. “건투를 빌어, 신입 탐정 씨. 뭐 애초에.”

란포는 거기서 말을 끊고 진지한 얼굴을 했다. 그리고 예언자 같은 목소리로 말했다.

“네가 진짜로 괴로워하는 건 도장을 다 모은 다음부터지만 말이지.”

그 후.

아쿠타가와가 모두에게 도장을 받는 데는 대략 4주의 기일을 요했다.

처음에 도장을 찍은 것은 다니자키였다. 그는 전혀 아무런 조건도 걸지 않았다. 카드의 설명을 듣자마자 란포의 눈앞에서 카드에 도장을 찍어 보였다.

“만약 내가 너였다면,” 하고 다니자키는 웃으며 말했다. “만약 나오미가 유괴당해서 그 실마리를 찾고 있다면…… 분명 카드가 완성될 때까지 기다릴 수 없을 거야. 란포 씨를 때려서라도 여동생이 있는 곳을 당장 캐내려고 할 거야. 아쿠타가와 씨는 대단해. 그러니까 나는 이걸로 괜찮아."

아쿠타가와는 쑥스러운 듯이 도장을 찍는 다니자키를 잔잔한 눈으로 보았다. 그러고 나서 도장이 찍힌 카드를 보고 다시 한 번 다니자키를 보았다. 그리고 "감사한다."라고 말했다.

"혹시 괜찮다면 충고를 하나 하고 싶은데, 들어 줄래?" 다니자키가 카드를 건네주며 진지한 눈빛을 했다. "만약 여동생을 찾아내서 되찾아올 때 그 '검은 옷의 남자'가 가로막는다면…… 용서는 하지 마. 탐정사 사원으로서의 의무나 사회적 올바름 같은 건 잊어버려. 그 결과로 그자를 죽이게 되어도 네 탓이 아니야. ……이 세상에는 여동생보다 소중한 정의나 윤리 같은 건 존재하지 않으니까."

구니키다가 얼굴을 찌푸리고 "이봐이봐." 하고 말했지만, 그 이상은 아무 말도 하지 않았다.

아쿠타가와는 다니자키가 내민 카드를 받아들면서 말했다.
"알았다. 만약 탈 없이 여동생을 되찾고 나면 다니자키 씨, 당신에게 가장 먼저 보고하지."

다음으로 도장을 찍은 것은 회사의 최연소 조사원인 미야자와 겐지였다.

"저도 지금 바로 찍어도 되지만," 소년다운 활기찬 목소리로 겐지가 말했다. "란포 씨가 조건을 걸라고 말한 것도 있고요…… 게다가 마침 조금 사람 손이 필요한 일이 들어왔거든요. 마에다 누나가 간단한 농사일을 해 달라고 해서…… 도와주실 수 있을까요? 괜찮아요, 일은 제가 알려드릴 거예요! 그 정도는 정말 간단한, 누구나 할 수 있는 단순한 일이니까요!"

모내기였다.

후에 탐정사 사원은 말한다. 눈앞의 광대한 논 지대를 바라보던 아쿠타가와의 표정. 표정 변화가 없는 아쿠타가와가 그 정도로 '망연자실한' 표정을 보인 것은 이전에도 이후에도 그때뿐이었다고.

"자, 곧바로 시작하죠!" 작업복을 입고 모내기용 장화를 신은 겐지가 활기차게 말했다.

"괜찮아요! 아침 일찍 일어나서 탐정사 출근시간까지 하면…… 다음 주나 다다음 주에는 끝날 테니까요!"

논은 한두 마지기가 아니었다. 산과 산에 둘러싸인 분지에, 눈에 들어오는 곳은 전부 아름다운 논이 펼쳐져 있었다.

――최대로 2주 걸리나?

아쿠타가와가 입술만 움직여 그렇게 말했다. 목소리는 내지 않았다. 나오지 않았던 걸지도 모른다.

"저기…… 죄송해요, 정말 괜찮으세요?" 겐지가 미안한 듯이 말했다. "여동생 일도 있는데…… 역시 다른 일로 할까요?"

아쿠타가와는 잠시 냉엄한 눈초리로 논을 바라보고 있었지만, 이윽고 말했다.

"대가를 치르겠다고 한 것은 나다. 그리고 내가 자란 곳에서는 식량을 소홀히 다룬 자부터 죽어갔다. ……하지."

아쿠타가와가 논을 향해 발을 내디뎠다.

"앗, 그 차림으로는 안 돼요." 겐지가 웃는 얼굴로 말했다. "작업복이랑 모내기용 장화로 갈아입으세요. 그리고 이 밀짚모자도요! 잘 어울릴 거예요!"

"…………."

첫날은 겐지에게 일을 배우면서 각오를 다지는 것으로 끝났다. 이틀째는 익숙지 않은 동작에 허리가 아팠다. 사흘째, 나흘째는 휴식. 닷새째에는 이능력으로 모내기하는 것을 배웠기 때문에 작업 효율이 대폭 상승했다. 겐지는 손뼉을 치며 기뻐하면서 아쿠타가와를 칭찬했다.

농가에서 이앙기를 빌려서 이능력과 속도를 겨루기도 하고, 비 오는 날에 홍수가 나지 않는지 지켜보러 가기도 하고, 논 주인에게 주먹밥을 새참으로 받아서 먹기도 했다. 아쿠타가와는 그다지 싫은 얼굴을 하지 않고 묵묵히 작업에 임했다. 논을 바라보며 "빈민가 시절에 거처 뒤쪽에 작은 감자밭을 만들었을 때가 생각난다."고 말했다.

열흘째, 문제가 발생했다.

평소처럼 논으로 가니 심었던 벼의 절반 정도가 검게 변색되어 말라 있었다. 겐지는 한바탕 벼를 조사한 후 아마도 용수가 원인일 거라고 말했다. 둘이서 간선 용수로를 조사하자 수로 상류 부근에 불법투기된 산업폐기물에서 유해한 가용성 유기물이 누출된 것이 밝혀졌다.

탐정사가 폐기물 용기를 조사하자 불법투기 범인은 곧바로 밝혀졌다. 대규모 제약 공장을 소유한 제약회사였다.

논의 대략 절반이 못쓰게 되었다. 운 나쁘게도 피해를 본 것은 이미 두 사람이 모내기를 끝낸 논뿐이었다. 겐지는 "할 수 없으니 무사한 논만이라도 모내기를 끝마치죠."라고 말했다.

그러나 아쿠타가와는 납득하지 않았다.

다음 날, 아쿠타가와는 홀로 제약회사 빌딩에 뛰어들었다.

경비원을 이능력으로 목 졸라 기절시키고 사무실로 쳐들어갔다. 사무가 관리하는 산업 폐기물 관리대장을 확인하면 불법투기를 계획한 범인이 밝혀진다. 그 범인을 추궁하면 불법투기를 지시한 상사가 밝혀질 것이다. 모든 것을 계획한 흑막을 알아낼 때까지 계속 그렇게 할 심산이었다.

그러나 아쿠타가와가 막 사무실 문을 열고 들어가려던 때, 뒤에서 목소리가 들렸다.

그곳에는 겐지와 다니자키, 그리고 오다가 있었다.

"돌아가요." 하고 겐지가 말했다.

"이 정도는 애교예요."

돌아가는 길에 아쿠타가와와 둘이 남았을 때 겐지가 말했다.

"자연이 가져오는 재해가 더 흉악하고 불합리해요. 수해, 냉해, 가뭄, 병충해. 몇 년이나 걸려 준비한 게 하룻밤에 날아가 버리기도 해요. 하지만 이번에는 반이나 남았어요. 게다가 탐정사가 불법투기 범죄를 증명하면 소송해서 피해액을 배상받을 수 있어요. 태양이나 벌레에게는 배상받을 수 없으니까요. 아무것도 아니에요."

"납득할 수 없다." 아쿠타가와는 날카로운 시선을 겐지에게 향했다. "배상이 다 무어냐. 돈을 지불하면 악의를 용서받을 수 있다는 건가? 그렇다면 부유한 자, 가진 자는 어떠한 죄악도 용서받게 된다. 이 세상에 악의를 억누를 수 있는 방법이 있다면 그것은 단 하나, 보복이다. 적의 목은 전부 길바닥에 내걸어라. 형벌과 공포를 적에게 새겨라. 그 외에 자신이 몸을 지킬 수단은 존재하지 않는다. ……존재하지 않았다."

겐지는 잠시 생각하고 나서, "죄송해요, 그럴지도 모르겠네요."라고 말했다.

그리고 잠시 동안 두 사람은 아무 말도 하지 않았다.

묵묵히 걷다, 깨닫고 보니 논 앞까지 와 있었다.

주홍빛 석양이 논을 남김없이 불타오르듯 빛내고 있었다. 산 능선 너머에서 밤의 기운이 숨어들고 있었다.

"밤이 오고, 아침이 와요." 논을 바라보며 겐지가 말했다. "봄이 오고, 가을이 와요. 전부 반반씩이에요. 풀이 자라고, 나무가 시들고, 동물이 새끼를 낳고, 그리고 죽고…… 흙과 함께 생활하다 보면 자연은 그런 식으로 반반으로 이루어져 있다는 걸 점점 알게 돼요. 어떤 나쁜 일이…… 태풍이나 산사태 같은 게 일어났을 때는 어쩐지 그런 나쁜 일이 계속될 것 같은 기분이 들기도 하지만, 사실은 좋은 일도 나쁜 일도 전부 다 자연이라고…… 살아가는 일이라고, 우리 마을에선 다들 그렇게 생각해요."

"나는 모르겠다." 같은 풍경을 바라보면서 아쿠타가와가 말했다. "길사와 흉사가 반반씩 동일하다고? 빈민가에서 죽은 나의 동료들에게 같은 말을 할 생각이 드는가?"

"그러니까, 당신이 남은 반이에요, 아쿠타가와 씨." 겐지는 아쿠타가와를 보았다. "당신은 살아남았어요. 그것도 엄청나게 강한 이능력을 얻은 채. 모두가 좋은 쪽의 반을 양보해 준 거예요. 그러니까."

겐지는 거기서 말을 끊고, 빛나는 석양을 눈동자 속에 담고서 미소 지었다.

"그러니까 분명 여동생은 돌아올 거예요. 좋은 쪽의 절반이 이제부터 잔뜩 있을 거예요. 그게 바로 자연이에요."

아쿠타가와는 잠시 동안 그 말을 음미하듯이 겐지를 보고 있었지만, 이윽고 석양에 눈길을 돌렸다.

"그런가." 아쿠타가와는 억누른 목소리로 말했다. "죽은 동료들이 나에게 반을 양보해 준 건가."

산 능선이 밤의 보랏빛으로 물들고 있었다. 아무도 아무 말도 하지 않았다.

두 사람은 남은 모내기를 4일 만에 마쳤다.

마지막 날, 상태를 보기 위해 구니키다가 논으로 가 보자 진흙투성이가 된 두 사람이 논에서 잡담을 하고 있는 것이 보였다.

"밭이 제대로 건강한지 보려면 거기 있는 벌레를 먹는 게 최고예요! 좋은 밭의 벌레는 삶아서 먹으면 제법 맛있다고요."

"그런가. 나도 과거에 먹을 것이 떨어졌을 때 땅을 파서 벌레를 잡아먹곤 했다. 인공림이나 농경지보다 사람 손이 닿지 않은 산지에 있는 유충이 특히 맛있었다."

"다음에 소금구이를 대접할게요!"

"기대된다."

대화하는 두 사람을 보고 구니키다는 멍하니 중얼거렸다.

"……사이가 좋아졌잖아……."

그 후 무사히 모내기를 마치고 아쿠타가와는 겐지에게 도장을 받았다. 탐정사 복도에서 "쌀이 수확되면 1할 정도 받기로 했으니까, 기대하고 계세요."라고 말하며 겐지는 웃었다. 당분간 굶을 걱정은 없을 것 같다고 아쿠타가와는 말했다.

마침 그때 구니키다가 지나갔다. 아쿠타가와는 구니키다에게 불법투기 사건의 조사 진척 상황을 물었다. 구니키다는 "곧 해결될 것 같군."이라고 대답했다. 그 후 아쿠타가와를 빤히 보고는 "너…… 혹시, 볕에 탔나?"라고 물었다.

“타지 않았다.”고 아쿠타가와는 대답했다.
“아니 그런데, 목 부분의 피부색에 경계선이.”
“타지 않았다.” 아쿠타가와는 무표정으로 대답했다.
“그러냐? 뭐 상관없지만…… 불법투기 사건 말이지. 걱정하지 마라. 금방 해결될 거다. 폐기물 수송업자가 다 불었지. 이다음은 제약회사에 대한 체포영장을 받기만 하면 된다.”
“그것은 만족스럽군. ……허나, 수송업자는 어째서 그리도 쉽게 자백했지? 불법 업자 사이에선 의뢰인을 배신하는 것이 금기일 텐데.”
그렇게 묻자 구니키다는 작게 웃고는 말했다.
“그야 자백할 수밖에. 이 도시의 누구도 겐지를 진심으로 화나게 만들고 싶어 하지 않으니까.”

다음은 구니키다 차례다.
구니키다는 처음에 란포에게서 ‘OK 카드’ 이야기를 들었을 때부터 아쿠타가와에게 어떤 대가를 요구할지 정해 놓았다. 원래 구상 자체는 더 전, 1년도 넘은 옛날부터 머릿속에 세워져 있었던 것이다.
그렇기 때문에 그 대가의 내용을 들었을 때 모두가 납득했다. ——아아, 구니키다 씨라면 뭐 그걸 요구하겠지, 하고.

아침 6시 반.

무장 탐정사의 사원 기숙사.

“이봐, 신입! 출근 예정시간이다! 일어나서 준비해라!”

사원 기숙사 앞에 구니키다의 노성이 울려 퍼졌다.

“기상 예정시간을 2분 30초나 넘겼다! 오늘부터 너는 2주 동안 내가 정한 스케줄에 따라 움직이도록 한다! 네가 선례가 되어 탐정사 사원의 심각하게 자유로운 업무 스타일을 변혁하는 거다!”

구니키다가 자신의 손목시계를 가리키며 소리친다.

“자아 일어나라! 22분 동안 아침 식사, 18분 동안 준비, 16분 30초 동안 출근 이동, 업무 준비 6분 10초 후 업무 개시다! 계획은 완벽해야만 의미가 있는 거다! 알았으면 빨리――.”

“이쪽이다, 선배.”

구니키다의 머리 위에서 목소리가 내려왔다.

아쿠타가와가 기숙사 지붕 위에 서서 아침 해를 바라보고 있었다.

아침의 미풍이 잿빛 외투를 펄럭이고 있다. 아쿠타가와는 눈 하나 깜빡이지 않고 아침의 빛깔로 물들어 가는 거리를 지붕 위에서 바라보고 있었다. 조각상처럼 움직이지 않고 바라보는 그 모습은 자신의 영지인 성 아래를 내려다보는 왕과 제후를 연상케 한다.

“너…… 일어나 있었나.”

“나는 잠이 얕게 든다.” 아쿠타가와는 경치를 바라보면서 말했다. “그런고로 이렇게 이른 아침에 도시의 기척을 파악하고 있다. 위기와 분쟁의 접근은 아침의 기척에 가장 먼저 드러난다. 도망치는 차의 가동음, 연료가 뿌려지는 냄새, 적재 한계를 넘은 수송선의 기적 소리…….”

거기서 말을 끊고 기숙사 앞에 서 있는 구니키다 쪽으로 시선을 옮겼다. “출근 시간인가. 지금 가겠다.”

아쿠타가와는 그렇게 말하고 이능력으로 자신의 몸을 들어 올려 능숙하게 땅 위에 내려섰다.

“아아……. 너, 아침밥은?” 구니키다가 아쿠타가와를 향해 물었다.

“필요 없다.”

“뭐라고? 안 된다. 아침 식사는 하루의 기본이다. 아침 식사를 빠뜨리면 췌장이 충분히 활성화되지 않아서 점심 식사와 저녁 식사 시의 혈당치 제어능력이 저하된다. 식사를 한 번만 걸러도 하루에 걸쳐 인적 퍼포먼스가 저하되는 거다. 그러므로 이상적인 업무에는 이상적인 아침 식사가…….”

아쿠타가와는 표정 변화 없이 설교하는 구니키다 옆을 지나 걸어간다.

“이봐, 기다려라 아쿠타가와! 선배의 이야기는 끝까지 들어!”

구니키다의 문제의식을 한마디로 표현하면 이렇다.

탐정사 사원은 너무 자유롭다.

오류 없는 업무 계획을 사랑하는 구니키다에게 탐정사 사원의 심히 자유로운 행동은 항상 두통거리였다. 업무 중이건 접객 중이건 끈적끈적하게 달라붙어 있는 다니자키 남매, 이웃 할머니에게 이야기를 듣느라 업무에 지각하는 오다, 치료를 위해서라며 환자를 세 번이고 네 번이고 해체하는 요사노, 소가 산기를 보인다며 갑자기 사라지는 겐지, 마음이 내키는 사건밖에 맡으려 하지 않는 명탐정 란포.

물론 각자 멋대로 행동하는 것이 용인되는 데는 상응하는 이유가 있다. 그렇기 때문에 사장님도 그들의 자유를 허락하고 있는 것이고, 그렇다면 구니키다가 교정을 제안할 명분은 없다. 그런 이유로 지금까지 묵인되어 왔다.

그러나.

애초에 구니키다가 좋아하는 말은 '모두 예정대로'이며, 싫어하는 말은 '뭐 이 정도면 됐지'이다. 그는 이상을 갈구하는 하나의 영구기관이며 완벽한 상태가 되기까지 결코 멈추지 않는다.

그리고 구니키다의 머릿속에 있는 이상적인 탐정사는 지금의 모습과는 까마득하게 떨어져 있다.

"아쿠타가와, 너를 풍기위원으로 임명한다!"

구니키다는 그렇게 선언했다.

무릇 사회인이라면 신입에게 업무의 불성실함을 지적당하는 것만큼 괴로운 일은 없다. 그리고 아쿠타가와는 그런 성격이므로 선배라도 전혀 개의치 않고 위반에 대해 규탄할 것이다. 실로 풍기위원에 안성맞춤인 인재이다. 'OK 카드',

이 무슨 천우신조인가.

그러나.

"알겠냐, 아쿠타가와. 무릇 풍기위원이라면, 우선 스스로 업무 수행의 규범이 되어야만 한다. 구체적으로는 업무 예정 준수다. 출근하면 먼저 전날의 서류 정리, 사내 연락. 관계각처에 새로운 사건이 없는지 정시 문의. 전부 분 단위로 예정을 소화할 것. 최적의 시간 배분을 생각하여 이를 실행하는 것이야말로 이상적인 성적으로 이어지는——."

"사무나 서류 업무는 좋아하지 않는다."

"아니, 너."

"그보다 적은 어디 있는가? 서투른 서류와 싸우기보다, 탐정사의 적을 갈가리 찢어 버리는 것이야말로 나의 본질. 적은 전부 갈가리 찢어 버리겠다."

"아니 그러니까, 전부 그런 업무만 있는 건……."

"서류도 갈가리 찢어 버리겠다."

"그만둬!"

……라든지.

"알겠냐. 오늘은 올바른 업무 수행 순서를 기억하도록 해라. 이번 의뢰는 아동 유괴를 전문으로 하는 유괴 조직을 찾아내는 거다. 그 때문에 범행 목격자, 즉 피해를 볼 뻔한 아이들에게 질문을 하기 위해 탐정사에 초대했다. 하지만 아직도 피해의 기억이 생생한 열두 살 소년이다. 질문 방식에는 부디 주의하도록 해라."

"이봐, 꼬맹이. 목격한 범인의 외모를 말해라. 생각해내지 못하면 4층에서 던지겠다."

"엑, 앗, 어, 엇."

"위협하지 마라 멍청아! 아쿠타가와 너, 내 이야기를 듣기는 했냐? 항의 정도가 아니라 소송이 걸릴 거다."

"생각해내지 못하면 다음은 5층에서 떨어뜨리겠다. 그래도 안 되면 다음은 6층에서 떨어뜨리겠다. 그래도 안 되면 7층에서――."

"5층쯤에서 죽는다고!"

"그런가. 그럼 3층 정도에서……."

"그걸 양보한다고 의미가 있냐?"

"귀찮다. 현재 판명된 외모적 특징에서 범인과 일치할 만한 용의자를 닥치는 대로 추궁하겠다."

"스케줄이 어쩌고저쩌고 하기 이전에, 너에겐 사회성을 가르쳐야겠군……."

……라든지.

업무 절차를 무시한다. 잡무를 경시한다. 좌우지간 파괴로 흘러가려 한다. 피해자도 의뢰인도 범인도 상관치 않고 남김없이 이능력으로 추궁하고 찢어 버리려 한다. 그것은 경험이나 습관이 어떻다기보다, 아쿠타가와라는 인간이 나면서부터 가지고 있는 성격이 그런 듯했다.

겐지와 농사일을 하고 있을 때는 엄청 고분고분히 따르지 않았느냐고 지적하는 구니키다에게 아쿠타가와는 태연하게 대답했다. 그가 말하길, 자란 환경상 식량을 만들어내는 행위의 존엄함은 몸에 새겨져 있다. 허나 서류로는 배가 부르지 않는다. 옛날에 몇 번인가 시험해 보았지만 부르지 않았다.

풍기위원 육성계획은 개시 1주일 만에 벌써 무너지고 있었다.

"아쿠타가와? 어이 아쿠타가와, 어디냐!"

탐정사 사무소를 구니키다가 성큼성큼 걸어왔다.

"구니키다 씨, 왜 그래요?" 책상에서 일을 하고 있던 다니자키가 묻는다.

"아쿠타가와가 서류 업무 중에 도망쳤다! 두 손발을 수갑으로 묶어놨는데 이능력으로 절단하고……." 구니키다의 꽉 쥔 주먹이 떨리고 있다. "이렇게 되면 더는 물러설 수 없다! 사장님께 보고할 수밖에…… 아쿠타가와를 풍기위원으로 삼기 위한 감시 조직, '풍기위원 아쿠타가와를 감시하는 풍기위원'을 개설하는 거다!"

"영원히 끝나지 않는 순환고리의 예감이 드는데요……." 다니자키가 곤란한 얼굴을 했다. "그런데 아쿠타가와 씨라면 아까부터 거기 있는데요."

"뭣이! 어디냐."

"거기예요. 보세요, 바로 거기."

다니자키는 의뢰인을 맞이하기 위해 사무 층에 설치된 응접 테이블을 가리켰다.

거기에는 아무도 앉아 있지 않다—— 아니.

책상 밑에 아쿠타가와가 있었다. 날카로운 눈빛을 한 채 기척을 지우고 책상 밑의 어둠과 동화되어 있다.

"뭐…… 뭘 하는 거냐, 너?" 구니키다가 고개를 갸우뚱했다.

"요사노 선생님한테서 숨어 있다." 아쿠타가와가 감정 없는 단조로운 표정으로 말했다.

"하?"

"듣기로, 요사노 선생님이 'OK 카드' 날인을 위해 낸 조건이 '치유 이능력을 40번 받을 것' 이래요." 다니자키가 동정심에 가득 찬 얼굴로 말했다. "아쿠타가와 씨는 '치유를 받기만 하면 된다면 몇 번이든 상관없다' 고 하면서 쾌히 승낙했는데…… 요사노 씨가 그 해체용 도끼랑 전기톱으로."

"아아, 알겠다. 이제 됐어." 구니키다가 눈을 감고 고개를 저었다. "그 뒤의 흐름도 대체로 이해했다."

"나는 네 번 견뎠다." 어둠 속에서 날카로운 아쿠타가와의 눈이 빛난다. "허나, 그 이상은……. 사람에게는 발을 들여서는 안 되는 영역이 존재한다. 40번이나 그걸 당하면 살아있으되 사람이 아닌 정신의 심연을 통과하고 만다."

"아쿠타가와조차도 그 사람에게는 버티지 못한 건가……." 구니키다가 한숨을 쉬었다. "뭐 나라도 도망치겠지만. 그렇다 해도 업무는 업무다. 나와의 약속을 잊었나? 금주 중에 그 아동 유괴조직을 찾아낸다는 계획 말이다. 너의 개성 넘치는 업무 행동 탓에 예정이 대폭 늦어졌다. 이대로 가다간

이번 주의 마감에 못 맞춘다고. 어떻게 할——."
"범인 조직이라면 옆방에 있다."
"뭐라고?"
"이미 잡았다." 아쿠타가와는 표정 변화 없이 말했다. "영리 목적의 아동 유괴라면 이익을 얻는 수단은 크게 두 가지. 인신매매거나 몸값이다. 전자는 가난한 아이, 후자는 부유한 아이가 상품이 된다. 후자와는 연이 없지만 전자라면 나의 영역. 가난한 아이를 납치해 팔아치우는 무리의 수법은 시릴 만큼 잘 안다. 그러므로 그 선에서부터 추적했다. 빈민가의 아는 얼굴을 닥치는 대로 추궁해 최근에 일에 참가한 범죄자를 특정했다. 그 남자의 안내로 아지트에 돌입해 전원을 이 능력으로 구속했다. ……처형은 사법관에게 맡겨야 하니 일단은 전원 살려두었다. 몇 명은 도망을 방지하기 위해 손발을 잘랐으나."
구니키다는 서둘러 아쿠타가와가 말한 곳, 옆방 응접실로 달려갔다. 문을 열자 거기에는 온몸이 꽁꽁 묶이고 재갈이 물린 남자 다섯 명이 바닥에 굴러다니고 있었다. 구니키다를 보자 모두가 눈물 어린 눈으로 비명을 질렀다.
"……이것은……."
범인의 숫자, 외모적 특징. 전부 요 일주일간 조사한 정보와 일치한다.
"정말이지…… 역시 녀석에게 풍기위원은 맡길 수 없겠군. 계획대로 업무를 수행하라고 말했건만." 구니키다는 쓴웃음을 지으며 머리를 긁었다. “업무 예정을 일주일이나 앞당기는 녀석이 어디 있나.”

요코하마 조계지의 지하수로를 오다와 아쿠타가와가 질주하고 있었다.

오다가 검은 도랑을 달린다. 도약하여 철조망을 넘고는 배수관을 밟고 다시 2단 도약. 앞으로 굴러 착지의 충격을 완화하면서 바람처럼 이동한다.

그 뒤편에서 칼날이 덮쳐들었다.

천의 칼날 한 줄기가 공간을 찢고 오다의 발밑을 파괴했다. 오다는 그 직전에 도약해 천을 피하고, 천장의 배수관을 붙잡고 몸을 추처럼 흔들어 속도를 올렸다. 다시 쇄도한 천 다발이 배수관을 작은 나뭇가지처럼 꺾어댔으나, 이미 오다는 손을 떼고 다음 칸으로 뛰어 옮겨가 있었다.

“기다려라――!”

뒤쪽에서 짐승이 외친다.

“안 기다려.”

오다가 숨 하나 거칠어지지 않고 평온한 목소리로 말했다.

뒤쪽에서 추적자인 아쿠타가와의 이능력 공격이 쏟아진다. 오다는 머리를 젖히고 몸을 기울여서, 혹은 총알로 궤도를 바꾸어 모든 공격을 피했다. 마치 눈에 보이지 않는 장벽이라도 있는 것처럼 공격이 오다에게 닿지 않는다.

"왜 그러지. 이건 원수가 도망쳤을 때를 위한 훈련이야. 진심으로 해라." 오다는 질주하면서 말했다. "너의 이능력은 강하지만 신체 승부가 되었을 때 아무래도 육체 자체의 약함이 드러난다. 그래가지고는 란포 씨의 추리도, 도장도 모두 허사로 끝날걸."

"하…… 하하!" 뒤쪽에서 달리는 아쿠타가와가 숨을 헐떡이며 웃었다. "그래야 나의 스승이지! 허나……."

오다가 놀란 얼굴로 급정지했다.

"……이건."

그곳은 돌벽으로 둘러싸인 막다른 방이었다.

도망칠 곳도 없고, 회피나 방어에 사용할 수 있는 장해물도 없다.

"조계지 지하수로는 나의 안마당이다. 막다른 골목으로 도망치도록 방향을 유도했다. ――이곳에서 천의 포화공격을 받으면 아무리 당신이라 해도 피할 방법은 없다."

오다는 주위를 둘러보고 머리를 긁었다.

"좋겠지. 너의 승리다." 그리고 아쿠타가와의 발밑을 가리키며 말했다. "그런데, 발을 치워 봐라."

"뭐라고?"

아쿠타가와가 의아한 얼굴로 한쪽 발을 들어 올리고 바닥을 보았다.

바닥에는 탄흔이 새겨져 있었다. 여섯 발의 탄흔이 딱 아쿠타가와가 지금까지 밟고 있던 구두창 모양으로 새겨져 있다.

놀란 아쿠타가와가 한 발 물러서자, 다른 쪽 발이 있던 바닥에도 마찬가지로 구두창 모양으로 탄흔이 새겨져 있었다.

"네가 이 방에 들어오기 직전에 천장을 향해 쏘았다. 그 총알이 튕겨서 거기에 탄흔이 생긴 거야. ——만약 내가 쏘는 타이밍을 한순간 늦췄으면 어떻게 됐을 것 같지?"

"시야 바깥에서 쏟아져 내리는 총알에 머리가 뚫렸을 거다……." 아쿠타가와가 괴로운 얼굴로 말했다.

"그 말대로야. 하지만 도망자의 진행방향을 교묘하게 조종하는 공격술은 훌륭했다. 보상으로 내가 살 테니 우동 먹으러 가자."

아쿠타가와는 잠시 생각한 뒤 물었다.

"우동……? 왜지?"

"왠지 먹고 싶어졌을 뿐 다른 이유는 없어." 오다는 평범한 표정으로 대답했다.

아쿠타가와는 눈초리를 더욱 날카롭게 하며 오다에게 말했다. "보상이라면 그 도장을 받고 싶다. 남은 것은 당신과 요사노 선생님뿐이다."

"요사노 씨의 도장은 어떻게 할 생각이지?"

"문제없다. ……내일의 내가 무슨 방법을 떠올릴 거다." 아쿠타가와는 슬쩍 시선을 피했다.

"흠. 도장을 찍는 거래에 대해서인데." 오다가 말했다. "마침 너에게 부탁하고 싶은 일이 있었다는 걸 떠올렸다. 어린애라도 할 수 있는 아주 간단한 일이야."

아쿠타가와는 고개를 끄덕이고는 말했다. "듣겠다."

"내일부터 좀 출장 갈 일이 있어서 나는 3일간 도시를 떠난다. 그사이에 가게의 상태를 봐 줬으면 해."

"가게?"

"양식점이야." 하고 오다는 말했다. "탐정사에 들어오기 전부터 아는 가게다. 난처하게도, 출장 가는 날 마침 그 가게를 돕기로 약속을 했어. 너에게 그 대역을 부탁하고 싶다."

수상쩍다는 얼굴을 하는 아쿠타가와에게 오다가 말했다.

"뭐, 그리 바쁘지도 않은 가게야." 오다는 어깨를 움츠렸다. "애들하고 놀다 보면 금방 끝날 거다."

"네 이놈, 속였구나 오다 사쿠노스케……."

대여섯 명의 아이들이 번갈아가며 아쿠타가와 위에 뛰어오르고 있었다.

"이야아아!" "꺄—!" "미끄럼틀—!"

환성 혹은 함성을 지르며 넘어진 아쿠타가와의 등을 미끄러져 내려간다. 모두 열 살도 안 된 아이들뿐이다. 주위에서는 세 살 전후의 유아 몇 명이 부러운 듯이 선배들을 바라보고 있다.

"아이고 미안하네, 형씨." 방 입구에서 노란 앞치마를 두른 양식점 주인이 웃으면서 말했다. "오다가 출장으로 못 온대서 다들 쓸쓸해하던 참이야. 하지만 이 모습을 보니 괜찮아 보이는구만. 그럼 나는 가게를 봐야 하니 뒤는 잘 부탁해.”

“기다…….” 도움을 청하려고 열었던 입은 머리에 덮쳐든 아이의 엉덩이에 의해 강제로 닫혔다.

그곳은 양식점에 인접한 연립주택의 한 집이었다.

아쿠타가와는 이능력으로 위에 삼각형 천막을 쳐서 몸을 지키면서, 휴대전화를 꺼내 오다의 번호를 눌렀다.

〈흠, 아쿠타가와냐.〉 수화기에서 오다의 태평한 목소리가 들렸다. 〈왜 그러지?〉

“배신자 놈. 왜 그러지, 가 아니다.” 아쿠타가와가 억누른 목소리로 말했다. “뭐가 ‘애들하고 놀다 보면 금방 끝날 거다’ 냐. 명백하게 그게 주목적이었지? 게다가…… 이 숫자는 뭐냐. 군대라도 만들 셈인가.”

오다는 탐정사 사원 업무를 하는 한편으로 갈 곳 없는 고아를 거두어 키우고 있었다. 옛날에는 양식점 2층에 세 들어 있었지만 집이 좁아져서 그 옆 연립주택으로 모두 이사하게 되었다. 지금은 대식구다.

〈숫자는 분명 15명이었어. 군대를 만들 생각은 딱히 없다.〉

“그런 의도로 한 질문이…… 아니, 됐다.” 아쿠타가와는 불쾌한 얼굴로 말했다. “그런데 이만큼이나 되는 고아를 탐정사 봉급으로 부양할 수는 없을 터. ……어떻게 봉급을 벌고 있지?”

〈그건 비밀이다.〉 수화기 너머에서 작게 웃는 기척이 났다. 〈내가 없는 3일간 대행해 주었으면 하는 임무 일람은 점주

아저씨에게 서면으로 전달해 놓았다. 잘 부탁한다, 아쿠타가와. 최연장자로서 확실하게 보살펴 다오.〉

"대행이라고? 또 뭔가 다른 일이——." 불평을 하려던 아쿠타가와가 불현듯 깨달은 얼굴을 했다.

"기다려. ……최연장자? 그건 나를 말하는 것인가? 그럼 강가에서 나를 데려온 건 그렇게 취급해서인 건가?"

〈그럼 잘 부탁해.〉

"기다려라 이놈——."

아쿠타가와의 외침도 허무하게 전화는 끊어졌다.

이리하여 지옥의 3일간이 시작되었다.

첫째 날.

아쿠타가와에게 부과된 임무는 '놀이 도구'였다.

구름사다리, 도르래, 그네. 미끄럼틀에 트램펄린. 더 나아가 본 적도 없는 무언가. 어린아이들의 꿈, 이랬으면 좋겠다고 생각한 수많은 놀이 도구들이 형태를 바꾸는 외투에 의해 만들어진다. 당연히 아이들은 뛸 듯이 기뻐하며 아쿠타가와가 만들어낸 놀이 도구에 달라붙고, 매달리고, 위에서 뛰었다.

"우워어— 굉장해—!" 몸통이 천에 말려 천장에 대롱대롱 매달린 아이가 기쁜 듯이 소리쳤다.

"한 번 더! 한 번 더 해줘!" 천에 탄력을 실어 하늘 높이 튕겨 올린 아이가 땅 위로 돌아오자마자 아쿠타가와를 잡고 흔들었다.

"꺄하하하하, 빨라, 빨라—!" 용처럼 하늘과 땅에서 빠르게 춤추는 천에 달라붙어, 아이들이 높은 목소리로 웃었다.

아침 9시에 시작해서, 중간에 점심 식사를 하고 3시에 일단 휴식. 재개 후 중간에 어린아이들의 낮잠 시간을 빼고 저녁 식사 시간까지 계속한다. 어린아이 특유의 영구 운동기관을 탑재한 아이들이 열 몇 명인 데 반해 아쿠타가와는 단 한 명이다.

모두 모여 저녁을 먹을 무렵, 아쿠타가와는 시체처럼 바닥에 굴러다니고 있었다.

"차라리…… 죽여라……." 아쿠타가와가 손가락 하나 움직일 기력도 없이 빈사 상태의 환자처럼 얕은 숨을 쉬면서, 중력에 저항할 힘을 잃고 바닥과 동화되어 있었다.

"형씨, 수고했어. 저녁은 어떡할래?" 가게 주인이 쓰러진 아쿠타가와에게 물었다.

"필요 없다." 아쿠타가와가 혼이 빠진 얼굴로 대답했다. "지금 밥을 먹으면 목에서 음식을, 넘길 수 없어, 죽는다."

둘째 날.

고아 중 한 명이 학교에서 참관 수업이 있어 부모 대리로 참석했다.

낡은 적갈색 나무바닥. 벽 한 면에 붙은 히라가나 글자 연습 뭉치. 운동장에서 들려오는 체육 교사의 구령 소리. 흰 도료를 바른 지 얼마 안 된 교사 벽.

그리고 교실 뒤에 서 있는 보호자들.

보호자들은 모두 침착하지 못한 모습으로 서 있었다. 반은 자기 아이가 수업에서 문제를 일으키지 않을지 걱정이 되어서다. 그리고 나머지 반은――.

"저 사람…… 누구 부모죠?" "선생님을 엄청나게 노려보고 있어요." "괜찮을까요? 눈빛이 완전히 살인 청부업자 같은데……."

무표정으로 서 있는 아쿠타가와 양쪽에서 보호자들이 불안한 듯이 소근거리고 있었다.

하지만 장본인인 아쿠타가와는 전혀 신경 쓰는 기색이 없다. 특별히 뭔가를 의도하지도 않은 채 그저 직립부동 자세로 수업을 보고 있을 뿐이다.

"자 그럼, 이 한자를 읽을 수 있는 사람."

교사가 칠판에 쓰인 가(家)라는 글자를 가리키며 학생들에게 물었다. 그러나 아무도 손을 들지 않는다. 교사가 난처한 얼굴로 고개를 갸웃했다. "아무도 없니?"

아쿠타가와의 시선이 머무르는 곳―― 오다가 키우는 소녀 한 명이 우물쭈물 주위를 둘러보고 있었다. 손을 들어야 할지 망설이고 있다. 아무도 손을 들지 않는 와중에 혼자 대답하기는 겁이 나는 것이리라.

아쿠타가와가 작게 혀를 찼다.

그러자 소녀의 손이 갑자기 위로 올라가기 시작했다.

소녀는 놀라서 자기 손을 보았지만 상승은 멈추지 않는다.

손목에 잿빛 천이 휘감겨 있다.
“어머, 사쿠라 양. 자, 대답해 줄래?”
“아…… 어어, 저…… 네, 저기…… ‘집 가’ 입니다…….”
“네, 아주 잘했어요.”
보호자들 사이에서 감탄의 목소리가 흘러나온다.
소녀가 대답함과 동시에 손목을 구속하고 있던 천이 스르륵 풀리더니 바닥을 미끄러져 아쿠타가와의 외투로 돌아갔다.
아쿠타가와는 상쾌한 표정을 짓고 있었다.

셋째 날.
가장 나이가 많은 소년의 무리한 부탁으로 전투 훈련을 겸한 대련을 했다.
“나는 꼭 오다 형처럼 엄청 강해질 거야. 강해져서 언젠가 똑같이 탐정사에 들어갈 거야. 꼭!”
코스케라는 이름의 열네 살 소년은 용두 항쟁(龍頭抗爭)이라 불리는 과거의 암흑사회의 전쟁에서 고아가 되어 오다에게 거두어졌다. 지금은 아이들을 한데 모으는 형님 같은 존재다. 양식점 일을 도우면서 야망을 위해 자금을 모으고 있는 중이라고 한다.
“총도 샀어. 진짜 총이야.”
코스케가 양식점 카운터 너머로 권총을 보여주었다. 오다가 쓰는 것과 같은 계통의 9밀리 권총이다.
“스스로 산 것인가.”

"응."

항만 지대에는 불법 밀수업자가 잔뜩 있어서 돈만 모으면 뭐든 구입할 수 있다. 굶주린 범죄자들 중에는 아이를 상대로 실탄총을 파는 자도 많이 있을 것이다.

아쿠타가와는 무감동하게 권총을 내려다보고는 "흥." 하고 말했다.

"그렇다면 소원대로 대련을 시켜 주마."

코스케가 거꾸로 뒤집혀 철망에 내동댕이쳐졌다.

철망이 일그러지고, 땅에 굴러 떨어진 소년이 고통에 비명을 흘린다.

"왜 그러지. 가볍게 쓰다듬어준 것에 지나지 않는다."

"제길……!" 코스케가 떨리는 무릎을 붙들며 일어섰다.

아쿠타가와가 천을 쏘아낸다. 달려 나오려던 코스케의 목을 천이 붙잡아 땅에 내동댕이친다. 폐에서 공기가 남김없이 쥐어짜인 코스케가 소리가 되어 나오지 않는 비명을 지른다.

두 사람은 양식점에서 가까운 공터에서 전투 훈련을 하고 있었다.

"나에게 이기지 못할 정도라면 오다 선배의 발목을 잡을 뿐이다. ……죽어서 동생들에게 장례식 비용을 부담시키는 것이 목적이라면 상관없다만."

"이, 자식……." 코스케는 휘청거리면서 일어선다. 그 눈에는 아직 의지의 불꽃이 깃들어 있다.

"아직 마음이 꺾이지 않았는가. 좋겠지, 한 번 공격하게 해주마. 그것으로 나를 끝내지 못한다면 이쪽 세계의 나찰들에게는 도저히 대적할 수 없다는 것을 알아라."

"해, 주겠어…… 우랴아아아아아!"

코스케가 돌진한다. 방어를 포기하고 몸을 던져 공격——하는 척하고, 아쿠타가와에게 격돌하기 직전에 궤도를 바꾼다. 측면으로 굴러 땅에 닿을락 말락 한 곳에서 온몸의 근육을 사용한 상단차기를 날린다.

아쿠타가와의 턱 밑에 뇌를 뒤흔드는 강렬한 발차기가 정확하게 꽂힌다—— 그러나 아쿠타가와에게 꽂아 넣었다고 여겼던 뒤꿈치는 턱의 피부를 아주 약간 누르는 것에 그쳤다. 더 이상은 앞으로 나아가지 않는다.

"공간 단절."

아쿠타가와가 무표정으로 말했다.

반격으로 쏘아낸, 천으로 된 거대한 주먹이 코스케의 몸통을 쳤다. 차에 치인 듯한 충격에 코스케는 수평으로 날려가 땅위를 구르다 튀어오른다.

"나는 약자가 싫다. 약자는 꿈을 좇지 못한다. 약자는 소원을 가지지 못한다. 약자인 너는 오다 선배의 뒤를 잇지 못하고, 그러기는커녕 아무것도 되지 못하고 일생을 마치는 것이다."

흙투성이에 상처투성이로 땅 위를 구르던 코스케는 악문

어금니 안쪽으로 으르렁거렸다.

"아니야! 아니야아니야아니야! 될 거야, 나는…… 형처럼 될 거야!"

아쿠타가와의 외투가 움직여 권총 한 정을 꺼냈다. 조금 전 코스케가 양식점에서 자랑스럽게 보여주었던 9밀리 권총이다. 허를 찔러 몰래 빼앗았던 것이다.

"그건……." 총을 빼앗긴 것을 깨닫고 코스케가 창백해진다.

"그리고 나는 총도 싫다. 제 분수도 모르고 총을 가졌다고 우쭐해져 거만하게 구는 인간이 말이지. 허나 진실은 이러하다."

아쿠타가와는 권총을 손에 들고 자신의 관자놀이에 가져다 댔다. 그리고 전탄을 발사한다.

"무슨——!"

아쿠타가와의 귀 위쪽에서 불꽃이 튄다. 그러나 모든 총알은 피부 위에서 보이지 않는 장벽에 가로막혀 땅에 데구루루 떨어졌다.

"총탄 따위, 이쪽 세계에서는 아무런 힘도 갖지 못한다." 아쿠타가와는 표정 변화 없이 말했다. "그럼에도 불구하고, 총에—— 총의 폭력성에 우쭐해 거만하게 구는 무리에게 빈민가의 동료들은 살해당했다. 고로 나는 총을 혐오한다."

아쿠타가와는 권총을 내팽개쳤다.

동시에 천의 칼이 음속으로 번뜩여 공중의 권총을 몇 개나 되는 금속 파편으로 토막냈다.

검은 금속 파편은 아연실색한 코스케의 눈앞에 무참하게 흩어졌다.

"코스케. 약자에게는 자신의 인생을 결정할 권리가 없다. 그럼에도 다시 총을 들고 내 앞에 선다면—— 다음에는 진짜로 죽이겠다."

소리도 못 내고 떠는 코스케에게 등을 돌리고 아쿠타가와는 걸어가 버렸다.

공터가 보이지 않게 될 때까지 걸어가 모퉁이를 돌자 그곳에 오다가 서 있었다.

"수고를 끼쳤군." 오다가 조용히 말했다.

"다시는 안 한다." 아쿠타가와는 불쾌한 얼굴로 말했다. "어린애의 희망을 부수고 싶다면 스스로 해라. 당신만한 실력자라면 수고도 들지 않을 테지."

"내가 아무리 강함을 보여줘도 코스케의 동경심만 강해질 뿐이라서 말이야." 오다는 곤란하다는 듯 뺨을 긁었다. "더러운 역할을 맡겨서 미안했다."

오다가 준 임무의 최종 항목은 '이쪽 세계에 들어오고 싶어 하는 코스케를 포기하게 만드는 것' 이었다.

"양식점에서 그 애송이가 만든 밥 말이다만, 대단한 솜씨였다." 아쿠타가와는 오다와 시선을 맞추지 않고 말했다. "베거나 때리는 거친 일보다 요리사 쪽이 훨씬 어울린다."

"그런가. 코스케는 거친 일에는 안 맞나?"

"그러하다. 놈은 동생들을 지키기 위해서라면 기쁘게 목숨을 버릴 것이다. 그런 치들은 이 세계에서는 조만간 관에 눕게 된다. 살아남는 것은 목적을 위해 분노를 버리고 합리적으로 이익을 챙기는 자뿐."

그렇게 말하고 아쿠타가와는 다시 걷기 시작했다.

"그 말대로다." 오다는 떠나가는 아쿠타가와를 보며 말했다. "인간의 가장 중심에 있는 것은 감정이다. 하지만 세계의 중심에 있는 것은 감정이 아니지. 세계의 중심에는 아무것도 없다. ……그러니 감정을 좇지 마라, 아쿠타가와. 자신이라는 짐승을 좇지 마라. 자신의 두 다리로 서서, 누구에게도 매달리지 말고, 충실하고 냉정하며 억세어라. 그렇지 않으면 살아남지 못한다."

그 말을 듣고 아쿠타가와의 발이 우뚝 멈추었다.

"……설마." 아쿠타가와가 얼굴을 반만 돌려 오다를 노려보았다. "나에게 지금 그 말을…… '살아남는 것은 목적을 위해 분노를 버리고 합리적으로 이익을 챙기는 자뿐' 이라는 말을 스스로 하게 하기 위해…… 이 웃긴 수작을 꾸민 것인가? '검은 옷의 남자' 에 대한 복수를 앞둔 나의 폭주를 다스리기 위해?"

"아니. 나는 거기까지 머리가 돌아가는 인간은 아니야." 오다는 어깨를 움츠렸다.

아쿠타가와는 잠시 동안 말없이 오다를 노려보았지만, 이윽고 내뱉듯이 말했다. "나는 그 애송이와는 다르다."

"그러길 기대하마."

아쿠타가와는 반론하려고 입을 열었다. 하지만 아무 말도 하지 못했다. 말은 오다의 메마른 눈동자에 빨려 들어가 어디론가 사라지고 말았다.

아쿠타가와는 말하기를 포기하고, 등을 돌리고 걷기 시작했다.

#2

탐정사가 입주한 빌딩 1층에는 개인이 경영하는 찻집이 영업하고 있다.

가게 이름은 '우즈마키'. 고풍스러운 인테리어의 찻집으로, 테이블도 의자도 벽도 전부 시대를 흡수하여 변색되었다. 커피 향기로 가득 찬 가게 안에는 오래된 재즈 음악이 흐르고 있다.

가게 카운터석에서 아쿠타가와가 호지차를 한 손에 들고 서류를 노려보고 있었다.

아무리 노려보아도 서류는 겁먹지 않는다. 그 서류는 탐정사 사무 보고서였다. 마침내 피할 수 없게 된 서류 작성이 빼도 박도 못하는 적이 되어 아쿠타가와 앞을 가로막고 선 것이다. 승부는 열세였다. 아쿠타가와는 땀을 뻘뻘 흘리며, 서류 작성이라는 강적에게 흠씬 얻어맞아 휘청거리고 있었다.

다른 손님은 없었다. 점장이 식기 선반 앞에서 천으로 커피잔을 닦고 있었다.

바깥은 비가 내리고 있었다.

찻집, 바깥에 내리는 비, 재즈, 커피 향기. 그곳에는 시간의 흐름을 느리게 하는 데 필요한 소도구 중 상위의 네 가지가 모두 갖추어져 있었다.

고요함을 견디기 어려웠는지 아쿠타가와가 휴대전화를 꺼냈다.

“나다. 보고서 작성 말인데, 올해 1년간 면제받을 수는 없는가.”

〈당연히 안 되지, 멍청아.〉

수화기 너머로 구니키다의 신경질적인 목소리가 들렸다.

아쿠타가와는 불쾌한 얼굴로 말했다. “이렇게 생각해라. 나의 서류 업무를 1년 휴경함으로써 흉악범죄자 및 의뢰인을 적대하는 자의 수확량을 두 배로 할 수 있다.”

〈넌 요즘 뭐든지 농업으로 비유하는군…….〉

그때 입구의 도어 벨이 울렸다.

모든 운명을 바꾸는 소리였다.

문을 열고 들어온 것은 한 명의 소년이었다. 검은 외투가 빗방울에 젖어 있다. 거의 백발에 가까운 머리카락이 물방울을 머금고 흐리게 빛나고 있다. 표정은 부드럽고, 세계에 대한 사죄로 가득 차 있다. 그러나 그 모습은── 완전한 무(無)였다. 그 소년에게는 기척이라는 것이 없었다. 민가의 벽에 앉은 거미라도 소년보다는 기척이 강할 것이다.

소년은 입구에서 외투를 벗어 가볍게 물을 털고, 소리도 없이 스르르 걸어 아쿠타가와의 반대쪽 카운터석에 앉았다. 살금살금 걷는 고양이보다도 발소리가 나지 않는 조용한 걸음이다.

아쿠타가와는 얼굴을 돌리지 않고 시선만으로 그 일련의 행동을 좇고 있었다.

"……강하군." 작은 목소리로 아쿠타가와가 속삭였다.

〈뭐라고?〉 전화기 너머에서 구니키다가 말했다.

아쿠타가와는 그 말에 대답하지 않고 휴대전화를 껐다.

검은 외투의 소년은 점장에게 "커피요."라고 말하고 침묵했다. 그러고 나서는 조각상처럼 조금도 움직이지 않았다.

그러다 문득 아쿠타가와 쪽을 보며 말했다. "죄송합니다. 조금 전 통화하는 소리가 들렸는데요…… 탐정사라고 하셨나요?"

아쿠타가와는 날카로운 눈빛으로 전신을 관찰하고 나서 말했다. "그러하다. 나는 탐정사 사원이다."

"그렇군요." 소년은 웃는 얼굴을 했다. "실은 보스의 명령으로 무장 탐정사의 사장님께 편지를 전하러 왔는데, 길을 헤매서…… 더구나 비를 맞아서 여기에 비를 피하러……."

아쿠타가와는 표정 변화 없이 말했다. "탐정사라면 이 건물 4층이다."

"그래요?" 소년의 표정이 밝아졌다. "다행이다."

그때 소년의 테이블에 커피가 놓였다. 소년은 가볍게 향기를 맡은 후 곁들여 나온 각설탕을 잔에 넣었다. 한 개, 두 개, 세 개.

아쿠타가와는 그 설탕의 숫자를 시선만 보내 관찰하고 있었다.

소년은 아쿠타가와의 시선을 깨닫고 변명하는 듯한 미소를 지었다. "이거요? 그게…… 각설탕 세 개는 너무 많다고 동료가 항상 말하지만 도무지 그만둘 수가 없어서요. 설탕이 굉장히 귀한 곳에서 자랐기 때문에 지금도 무심코 너무 많이 넣어 버려요."

아쿠타가와는 조용히 소년의 모습을 보고 있다가 문득 입을 열었다. "고아원인가."

소년은 놀란 듯했다. "어떻게 아세요?"

"특유의 느낌이 난다. 타인의 거동에 대한 과도한 집중력, 소외되었음을 전제로 하여 거리를 두는 것…… 내가 자란 환경도 비슷하다. 고아원에서 도망쳐 나온 자들은 빈번히 보았다."

"그런가요." 소년은 슬픈 듯이 미소 지었다. 과거를 질질 끌고 있는 자의 웃음이다. "저는 도망칠 용기가 없었어요. 오랫동안 계속…… 지금도, 설탕을 마음껏 먹을 수 있다는 걸 아는데도 몸이 멋대로…… 분명 평생 이대로일 거예요."

아쿠타가와는 잠시 침묵하며 소년의 모습을 보고 있었다.

하지만 불쑥, 자신이 들고 있던 찻잔을 들어 올리고 아무렇지 않은 듯이 말했다.

"나는 이 호지차에. ……네 개 넣었다."

소년은 눈을 크게 떴다. "각설탕을? ……차에? 네 개나?"

"그래." 아쿠타가와는 무표정으로 차를 마셨다. "그대와 같다. 설탕이 희소했던 시절의 버릇이다."

소년은 잠시 멍하니 입을 벌리고 아쿠타가와를 보다가, 갑자기 참을 수 없어졌는지 웃음을 터트리고 말았다.

"풉…… 아하하." 소년이 웃자 나이가 단숨에 어리게 보였다. "그럼, 그건 아세요? 연필과 노트 쟁탈전."

"물론이다. 일반인은 이해하지 못하지만…… 연필과 노트는 고기나 설탕보다 더 경쟁률이 높았다. 종이에 글을 쓸 때만큼은 세계에서 가장 자유로운 인간으로 있을 수 있었으니 말이지. 서로 빼앗았다. 글자를 쓸 줄 모르는 꼬마 녀석들까지 이유도 모른 채 가지고 싶어 했지. ……그럼, 초콜릿 바는 아는가?"

"물론이에요. 화폐죠? 비교적 수는 많지만 모두가 가지고 싶어 해서 가치가 일정하죠. 그래서 자연스럽게 화폐로 쓰이게 되었어요. 씨감자는 5 초콜릿 바. 하루 동안 글자를 배우는 보수는 3 초콜릿 바."

"경호를 하거나 싸움을 도와주고 300개까지 모은 적이 있다."

"300개나요!?" 소년이 놀란 얼굴을 했다. "대부호잖아요!"

"한동안 초콜릿만 먹었더니 영양실조로 쓰러졌다."

"아하하하하!" 소년이 유쾌하게 웃었다.

그리고서 몇 분간, 두 사람은 시답잖은 대화를 했다. 동료 중 누구에게 이야기해도 이해받지 못할, 공감 따위는 바랄 수도 없는 작고 무거운 경험을 공유했다. 서로 좀처럼 타인에게 보이는 일이 없는 소년 같은 표정을 보여주었다.

“이런 이야기를 한 건 처음이에요.” 소년은 웃는 얼굴로 말했다. “아무래도 편지는 당신에게 전해 달라고 하는 게 좋을 것 같네요. 탐정사 형씨의 이름은?”

“아쿠타가와다.”

“저는 아쓰시. 나카지마 아쓰시입니다. 이 편지를 사장님께 전해 주세요.”

아쓰시라고 이름을 댄 소년이 품속에서 편지를 꺼냈다.

검은 봉투였다. 수신인도 발신인도 쓰여 있지 않다. 봉투는 최고급품으로, 흔들어도 아무런 소리가 나지 않는다.

“발신인의 이름은?”

“내용을 읽으면 안다고 이야기를 들었습니다.”

아쿠타가와는 봉투를 관찰하며 말했다. “위험물의 기척은 없군. 허나 업무상, 신중함이 친우가 되는 일은 있어도 적이 되는 일은 없지. 최근에는 종이 형태의 반응 화학 폭탄도 있다고 들었다.”

“열어서 확인해 보셔도 상관없어요. 봉인은 하지 않았으니까요.”

아쿠타가와는 작게 끄덕이고 봉투를 거꾸로 흔들어 내용물을 꺼냈다. 안에는 두 장의 종이가 들어 있었다.

그중 한 장을 본 순간 아쿠타가와가 바뀌었다.

“……네놈.”

아쿠타가와의 목소리는 낮고, 조용하고, 얼음처럼 차가웠다.

“이것은, 무슨 농담이지?”

그것은 사진이었다. 여성 한 명이 찍혀 있다. 검은 정장 차림으로, 촬영기 쪽을 보고 무표정하게 서 있다. 그 눈에는 촬영자에 대한 아무런 감정도 담기지 않았다.

"왜 그러세요?" 아쓰시가 물었다.

"이 사진…… 네놈은 이 자가 누구인지 알고 있는가?"

"긴 씨네요." 아쓰시는 사진을 들여다보고 말했다. "그런데, 왜 보스는 이런 걸……?"

"크크…… 크크, 크크큭."

아쿠타가와가 목 안 깊숙한 곳에서 웃었다.

"실로 유쾌한 도발이다. 만일 내가 내용을 보지 않고 봉투를 사장님에게 넘겼다면 나는 금세기 제일가는 어릿광대가 되었을 거라는 이야기인가." 아쿠타가와는 긴의 사진을 흔들며 말했다.

"긴 씨를…… 알고 있나요?"

표정을 굳힌 아쓰시를 빤히 쳐다본 뒤 아쿠타가와는 말했다.

"긴은 지금 어디에 있지?" 말과 동시에 아쿠타가와의 온몸에서 살기가 분출했다. "실토해라. 말하지 않으면 죽이겠다."

아쓰시는 동요한 기색도 없이 아쿠타가와를 관찰하고는 말했다.

"어디 있는지는 압니다." 아쓰시의 목소리는 한없이 침착했다. "하지만 말할 수 없어요."

아쿠타가와의 노기가 부풀어 올랐다.

"실토해라. 4년 반 동안 나는 계속 긴을 찾았다. 이제 와서 포기할 수는 없다."

"그런가요. 4년 반이나." 아쓰시의 목소리에서 급격하게 감정이 멀어져 갔다. 그리고 완전한 무(無)가 찾아왔다. "그렇다면……."

바람을 가르는 소리.

아쿠타가와가 몸을 젖히고 물러났다. 그 목에 붉은 선이 그이더니 곧바로 한 줄기 피가 되어 목덜미를 타고 흘러 떨어진다.

"아니——."

무언가가 아쿠타가와의 목덜미를 가른 것이다. 아쓰시가 움직인 직후에. 그러나 아쿠타가와는 어떻게 공격당했고, 무엇이 목덜미의 피부를 갈랐는지조차 보지 못했다. 한순간이라도 반응이 늦었다면 경동맥이 찢어져 천장에 피의 무늬가 그려졌으리라.

"지금 그 공격은……." 아쿠타가와는 목의 상처를 누르며 말했다.

아쓰시는 원래의 장소에 서 있다. 허리를 낮추고 어깨를 비스듬히 이쪽으로 향한 채. 손에 날붙이나 무기 종류는 쥐고 있지 않다.

그러나 손톱에서 희미하게 핏방울이 떨어지는 것을 보고 아쿠타가와는 갑작스레 이해했다. ——손톱이다. 모습이 희미하게 보일 정도로 고속으로 접근해 목덜미를 할퀴고 원래 위치로 돌아간 것이다.

"우리 조직에는 규칙이 있어요." 아쓰시는 공격 전과 똑같이 감정이 한없이 흐려진 목소리로 말했다. "그건, 긴 씨가 있는 곳을 찾는 자를 보면 그게 누구든 즉시 제거해야 한다는 규칙이에요. 왜냐하면 긴 씨는 24시간 늘 보스 곁에서 대기하는 비서니까. 그 사람을 노리는 것은 보스의 목숨을 위협하는 거나 다름없으니까."

"그런가."

아쿠타가와의 외투가 물결치기 시작했다. 의지와 분노를 지닌 독자적인 생명체처럼 꿈틀거리며 아쿠타가와 주위에 펼쳐지기 시작한다.

"상당히 겁이 많은 보스로군. 허나 상관없다. 어디 있는지 실토해라. 긴은—— 나의 여동생이다."

"거짓말." 아쓰시는 곧바로 말했다. "긴 씨한테는 가족이 없어."

"그 오해에 대해 지긋하게 이야기할 마음은 없다."

아쿠타가와의 외투가 창이 되어 비상했다.

좁은 실내에서 사투가 시작되었다.

총알 같은 속도로 달려드는 천의 칼날을 아쓰시는 머리를 젖히는 최소한의 동작으로 피했다. 재차 공격해 오는 칼날도 상반신만 움직여 피한다. 칼날이 허공을 찢고 안쪽 벽에 꽂혀 몇 개나 되는 구멍을 남겼다.

다 뻗어나간 칼날이 되돌아와 뒤쪽에서 아쓰시를 덮친다. 아쓰시는 뒤를 보지도 않고 바닥에 거의 온몸이 닿을 정도로 몸을 낮추어 칼날을 피한다. 그리고 온몸을 용수철처럼 휘어 두 팔다리로 바닥을 치고 수직 상승한다.

거꾸로 천장에 착지한 아쓰시는 다시 천장을 차고 재도약. 비스듬히 떨어지는 한 자루의 칼이 되어 아쿠타가와를 급습한다.

습격을 예측하고 있던 아쿠타가와는 남은 천을 방패처럼 비스듬히 들어 올려 아쓰시의 돌진을 받아냈다. 번개 같은 속도로 낙하하는 아쓰시의 손톱이 천 표면에서 불꽃을 튀긴다. 천을 찢으며 바닥에 격돌한 아쓰시의 일격이 바닥에 방사 형태로 균열을 냈다.

굉음이 온 가게를 뒤흔든다.

"방금 그 일격을 막다니." 착지한 아쓰시가 그렇게 말하고는 재빠르게 물러났다. "이렇게 굉장한 실력의 이능력자가 지금까지 정보망에 걸리지도 않았다니……."

아쓰시가 벽을 빠르게 차고 아쿠타가와의 뒤쪽으로 돌아가더니 입구 문을 열었다.

"무장 탐정사…… 상상 이상의 조직이야. 적의 거점 바로 밑에서 이 이상 싸우는 건 유리한 방법이 아닌 듯하군. 먼저 보스에게 보고해야겠어. 그리고 긴 씨의 사진이 있었던 이유도…… 난 알아야만 해."

"……기다려라……."

아쿠타가와는 말했지만 몸이 움직이지 않았다.

아쓰시는 소리도 없이 문을 지나 모습을 감추었다.

아쿠타가와는 뒤를 쫓으려고 발을 내디뎠지만 더 이상 갈 수 없었다.

옆구리에서 어마어마한 양의 출혈을 하고 있었다. 천의 방어를 관통한 손톱의 일격이 아쿠타가와의 옆구리를 도려낸 것이다.

아쿠타가와는 걸으려 했지만 걷지 못하고 앞으로 쓰러졌다. 부서진 바닥 위에 온몸이 세게 부딪친다.

의식이 사라지기 직전, 눈앞에 떨어진 사진 속의 여동생과 눈이 마주쳤다.

"……긴……."

쥐어짜듯이 중얼거리고, 아쿠타가와는 정신을 잃었다.

누군가가 말했다.

「자신의 의지로 폭력을 휘두른다면 그게 아무리 잔학하더라도 인간다움의 한 측면이라 할 수 있지. 하지만 주변 환경에 휩쓸려 발작적으로 타인을 다치게 한다면…… 그건 단지 지성 없는 유해동물이다.」

검은 밤. 흔들리는 어둠.

지옥의 불꽃이 활활 타올라 죄인을 불태워 간다.

「복수라고? 그걸 위해서라면 죽어도 좋다고? 자네가 죽은 다음—— 남겨진 여동생이 이 도시에서 어떤 꼴을 당할지 상상도 안 되는 건가?」

무언가가 자신의 목구멍을 불태우고 있었다.

목구멍을 태우는 것은 절규이고, 통곡이며, 울부짖고 소리쳐도 사라지지 않는 불꽃—— 후회였다.

미웠다. 미웠다. 미웠던 것이다. 적이 아니라, 이 세계 자체가.

그러나 그 증오에 떠밀려 적을 죽인 결과—— 여동생을 잃게 되었다.

어째서 그렇게 되어 버린 것인가.

누가 여동생을 잃게 한 것인가.

「자신이 가진 약함의 본질이 뭔지 알게 되면 다시 나에게 도전하러 오도록 해. 그때까지 자네의 여동생은 맡아 두지.」

모른다. 모른다. 나는 모른다.

절망조차 뛰어넘어 스스로를 불태우는 분노가—— 신을 믿지 않기에 신을 원망할 수조차 없는 자신의 분노가, 어디로 향해야 하는가.

「자신이라는 짐승을 좇지 마라.」

다른 누군가의 목소리가 말했다.

모른다.

모른다면, 행동할 수밖에 없다.

여동생을 되찾으면, 자신의 분노에서 생겨난 잘못을 되돌리면, 분명히 그럴 기회가 주어질 터.

청산할 기회가.

감정을 가지고 말았다는 잘못을, 청산할 기회가——.

눈을 뜬 것은 탐정사 의무실이었다.

아쿠타가와는 반사적으로 옆구리의 상처를 만졌다. 없다. 상처는 흔적 하나 없이 완전히 치유되어 있다.

그리고 아쿠타가와가 시선을 방 안으로 돌리자 도끼 손질을 하고 있던 여의사 요사노와 눈이 마주쳤다.

"정신이 들었니?" 요사노는 도끼를 놓고 손가락을 팔랑팔랑 흔들며 말했다. "네가 기절한 사이에 나는 정말 즐거웠단다."

그렇게 말하고 어디선가 종이를 꺼냈다.

그 종이—— 'OK 카드' 에는 모든 칸에 도장이 찍혀 있었다.

요사노, 오다, 구니키다, 다니자키, 겐지, 사장님—— 이것으로 전원의 도장을 모았다.

아쿠타가와가 그 종이를 손에 들고 있는 사이에 요사노는 문으로 걸어갔다.

"따라와." 스커트 자락을 팔락이며 걸으면서 요사노는 말했다. "네게 보여주고 싶은 게 있어."

탐정사 회의실에는 사원들이 앉아 있었다. 구니키다, 다니자키, 겐지.

한 자리에 요사노가 앉았다. 그와 동시에 구니키다가 말했다.

"이 영상을 봐라."

벽의 스크린에 동영상이 떠올랐다.

그것은 바다 위에 떠 있는 어느 소형선의 갑판이었다. 작은 탁자에 두 인물이 마주 보듯이 앉아 있다. 일본 전통 옷을 입은 대머리 장년 남자와 검은 외투를 입은 장신의 남자. 중앙에는 양복을 입고 둥근 안경을 쓴 청년이 긴장한 모습으로 두 사람 사이에 서 있었다.

"이것은 4년 전에 일어난 어떤 사건으로 두 조직의 수장이 연 비밀 회합 영상이다." 구니키다는 화면을 보면서 말했다. "한쪽 조직은 내무성 이능력 특무과의 수장인 다네다 장관. 다른 한쪽은 비합법 조직 포트 마피아의 보스, 다자이 오사무다."

"포트 마피아의…… 이것이."

아쿠타가와가 멍하니 말했다.

포트 마피아는 요코하마에서도 가장 가혹하며 강력하다고 칭해지는 비합법 조직이다. 그러나 그 보스는 어디 있는지는 물론이고 이름과 외모조차 알려져 있지 않다.

"이것은 만일에 대비해 이능력 특무과가 비밀리에 초 망원으로 촬영한 것이다. 마피아의 비밀 회담이라니, 특무과의 실력 좋은 에이전트가 아니면 절대로 촬영할 수 없겠지. 정부의 극비자료로 보관되어 있던 것을 란포 씨가 찾아냈다."

아쿠타가와는 회의실 안을 둘러보고 말했다. "란포 씨는 어디에?"

"다른 업무로 부재다. 이 영상을 네게 보여주라고 내게 말을 남기셨다."

"아쿠타가와 씨. 사실은 이 영상을 손에 넣은 건 오다 씨야." 자리에 앉아있던 다니자키가 말했다.

"란포 씨의 『초추리(超推理)』와 오다 씨의 그 최강의 이능력—— 근미래를 예지하는 『천의무봉(天衣無縫)』으로도 비밀 시설 잠입에서 탈환까지 3일이나 걸렸어. 그만큼 위험한 임무라…… 입수하기 어려운 정보야."

아쿠타가와는 생각해 냈다. 자신이 고아들을 보살피게 된 것은 오다가 3일간 출장을 가게 되었기 때문이라는 이야기를.

"이 영상, 여기를 봐라." 구니키다가 스크린의 중심부 가까운 곳을 가리켰다. "뭔지 알겠나?"

아쿠타가와는 눈을 가늘게 뜨고 영상을 바라본 뒤 미심쩍은 얼굴로 말했다. "아무런 색다른 점도 없는 양주잔으로 보이는데."

"이건 운명의 잔이다. 네게 있어서 말이지."

"뭐라고?"

구니키다는 다시 앞을 보고는 양손을 깍지 꼈다.

"지향성 광속파 도청을 알고 있나? 환경에 있는 물체에 광속파(레이저)를 쏘아서 그 반사파를 해석하여 물체의 진동, 즉 주위의 소리를 수집하는 기술이다. 이 에이전트는 그 광속파를 이 잔에 쏘아서 회합 내용을 초 원거리에서 녹음하는 데 성공했다."

구니키다가 손에 들고 있던 재생기를 조작하자 화면에 동기화하여 음성이 나오기 시작했다.

〈——우리 보고서를 기다리는 내무성 관료들에게도 선물을 하나 가지고 돌아갈까. 당신의 목을 따 가면 분명 기뻐하겠지.〉

마주보고 있는 두 사람 중 한쪽, 일본 전통 복장의 장년 남자가 입을 움직이는 것에 맞추어 음성이 흘러나왔다. 특무과 다네다 장관의 목소리다.

다른 한쪽—— 검은 외투를 걸친 장신의 청년이 작게 미소 지었다.

〈말도 안 되지. 나 정도 목은 따 가도 냄새만 날 뿐 아무도 기뻐하지 않을 겁니다. 위대한 선대이신 모리 씨에 비하면 이런 신참 보스 따위.〉

〈과연 그럴까? 우리 정보망으로는 당신은 선대 보스인 모리를 암살하고 지금의 자리를 얻었다고 들었는데 말이지.〉

〈어라라. 그거 곤란한 정보망이군.〉

서로 본심을 읽지 못하게 웃는 얼굴의 가면을 쓰고 있다.

그 음성을 듣고 있던 아쿠타가와가 갑자기 책상을 세게 쳤다.

"……놈이다." 아쿠타가와의 목소리는 용암 같은 열을 띠고 있었다. "잊을 수 있을 리가 있겠는가. 그날 들었던 놈의 목소리, '검은 옷의 남자' 의 목소리다. 이쪽의…… 검은 외투의 남자. 키와 몸집도 일치한다."

그 말을 듣고 구니키다는 미간을 좁히고 작지만 무거운 한숨을 쉬었다.

"역시 그런가."

"이 남자는 어디 있지?" 아쿠타가와가 스크린에 바싹 다가갔다. "란포 씨는 장소도 짐작하고 있다고 말했다. 가르쳐 다오. 이 남자는── 다자이는 어디에 있는가."

"그 전에 들어라."

"대답해라!"

아쿠타가와가 벽을 치며 노호를 질렀다. 회의실 안이 쩌렁쩌렁 울렸다.

그러나 구니키다는 기죽지 않고 조용한 목소리로 말했다.

"들어라. 놈이 있는 장소는 안다. 하지만 접근할 수 없다. 놈이 있는 곳은 포트 마피아 본부 빌딩 최상층. 이 요코하마에서 가장 침입하기 어렵다는 철벽의 요새, 그 최심부다. 포트 마피아를 증오하는 방대한 수의 적 조직 중 누구도 이 건물을 다 오를 수 없었다. 군의 일개 소대도, 최신 전차와 중무장 헬리콥터도, 훈련받은 전투 이능력자도, 누구도 말이다. 그 의미를 알겠나? 가면 죽는다는 거다. 그러니 지금은."

"상관없다." 아쿠타가와는 강한 어조로 잘라버렸다. "1층 찻집에서 포트 마피아의 이능력자와 전투를 했다. 놈은 여동생의 사진을 가지고, 여동생이 보스의 비서라고 말했다."

"그래." 구니키다는 무겁게 고개를 끄덕였다. "점장님에게 대략적인 이야기는 들었다."

"그렇다면 어째서 그리 멍하니 있을 수 있지? 놈은 오늘의 경위를 보스에게 보고할 것이다. 그리고 보스, 즉 '검은 옷의 남자'는 내가 여동생을 찾고 있다는 것을 알고 있다. 그렇다면 놈은 조만간 나의 접근을 경계하여 경비를 더욱 강화하거나 모습을 감출 것이다. 아니—— 그뿐이라면 오히려 행운이다. 만일 놈들이 여동생을 죽여 나를 피하려고 생각한다면? 내일이라도 그리되지 않으리라는 보장은 어디에도 없다. 지금이 유일한 기회다."

아쿠타가와는 그렇게 말하고 발길을 돌려 출구로 걸어갔다.

그 옆얼굴은 흉악한 짐승 그 자체.

"아쿠타가와 씨! 기다려!" 아쿠타가와의 눈앞을 다니자키가 가로막았다. "아무리 너라도 불가능해! 가도 살해당할 뿐——."

"비켜라!"

팔을 붙잡으려 하는 다니자키를 아쿠타가와는 난폭하게 밀쳐 버렸다. 동시에 이능력의 칼이 번뜩여 다니자키를 스친다.

"아얏."

다니자키가 뒤로 넘어져 자신의 손을 눌렀다. 손등에 칼날에 찢긴 얕은 상처가 나 있다.

엉덩방아를 찧은 다니자키가 아픔에 얼굴을 찡그리며 아쿠타가와를 올려다보았다. 그것을 본 아쿠타가와의 얼굴에 아주 잠깐 희미한 괴로움이 비쳤지만 곧바로 눈을 피하고 출구로 걸어갔다.

"아쿠타가와 씨!"

요코하마의 저녁 무렵.

하늘에 칠해진 푸른색과 검은색이 뒤바뀌는 한순간의, 불꽃의 시간.

그 시간, 마피아 본부 빌딩에서는 지옥이 시작되고 있었다.

무수한 무투파 마피아가 총을 들고, 무전과 수류탄을 가지고, 건물 입구 앞 로비로 쇄도했다. 그러나 누구 한 사람도 거기서 지금 펼쳐지고 있는 것이 정확히 무엇인지 이해할 수 없었다.

정확히 말하면 그것은 잠입 작전이었다.

아쿠타가와가 난공불락인 마피아 본부 빌딩 최상층으로 잠입을 시도한 것이다.

그러나 그것은 전혀 잠입으로 보이지 않았다. 왜냐하면 아쿠타가와는 당당히 정면 입구로 걸어서 잠입했기 때문이다.

"쏴라, 죽여!"

무수한 노호성과 함께 무수한 총구가 불꽃을 뿜어낸다. 로비를 빈손으로 당당히 걸어가는 단 한 명의 침입자를 향해. 그러나 총알은 단 하나도 아쿠타가와를 다치게 할 수 없었다. 모든 총알은 명중하기 직전에 정지하여 아쿠타가와의 발밑으로 떨어졌다.

"나와라." 아쿠타가와는 불타는 눈동자로 그저 앞만 주시하고 있었다. "검은 옷의 남자여, 포트 마피아 보스여. 나와라. 어디냐, 어디냐, 어디냐."

무슨 일이 일어나고 있는지 아무도 이해하지 못했다.

자신의 머리가 잘려 떨어지는 순간마저도.

"히."

"겁먹지 마라, 쏴라, 이 이상은 침입을 허락——."

복도에, 벽에, 천장에, 선혈의 꽃이 핀다.

아쿠타가와의 분노가 형태가 되어 실내에 휘몰아치고, 대량의 비명과 죽음을 만들어낸다.

"어디냐. 보스는 어디냐." 아쿠타가와의 노호가 울려 퍼진다. "내놓아라. 내놓아라—— 보스를 내놓아라!"

그 목소리와 함께 잿빛 천이 마왕의 손톱이 되어 로비를 유린했다.

기둥이 절단되고 장식품이 부서졌다. 뒤에 남은 것은 빈 탄피와 탄환, 절단된 총과 마구 뜯어 먹힌 시체의 산.

아쿠타가와는 자신이 만들어낸 사체와 파괴의 흔적에는 눈길도 주지 않았다. 그저 앞에만 집중하고 있었다. 계단을 오르고, 복도를 통과한다.

이윽고 경계 사이렌이 울리고 통로는 전부 방화 · 방탄 셔터로 봉쇄되었다. 그러나 그것도 아쿠타가와의 걸음을 막을 수는 없었다. 옷의 칼날로 셔터를 사각으로 도려내고 그 구멍을 여유롭게 통과했다.

총을 들이대든, 격벽이 가로막든, 아쿠타가와의 표정은 바뀌지 않았다. 적이 칼에 꿰뚫리고 천장에 대량의 피를 뿜어냈을 때조차도 거의 관심을 보이지 않았다. 적에게 주의를 돌리는 것은 상대의 목을 날려버릴 때뿐, 부상당한 적의 비명도 괴로움도 아쿠타가와의 의식 바깥에서 돌아다니는 잡음에 지나지 않았다.

그 모습은 이미 인간다움조차 지니고 있지 않았다.

서늘한 죽음을 가져오는 지옥의 마수(魔獸).

그리고 그 시선이 쏟아지는 곳은 단 하나. ——최상층에서 기다리는 증오스러운 원수.

계단을 올라 3층까지 도달했다.

요코하마에서도 제일의 높이를 자랑하는 마피아 본부 빌딩은 외관으로 보기에는 대략 지상 40층의 높이이다. 아쿠타가와는 그곳의 3층까지 도착했다. 전체적인 거리로 보면 진행도는 일 할도 되지 않지만 거기까지 도달한 침입자는 긴 마피아 빌딩의 역사를 보아도 드물었다.

그 제3계층 복도를 걷고 있을 때 아쿠타가와는 문득 발을 멈추었다.
앞쪽에 기묘한 사람 그림자가 서 있었다.
기모노를 입은 소녀다. 검은 머리에 몸집이 작고 조용한 군청색 눈동자를 가진 소녀는 이 자리에는 어울리지 않는 나이와 분위기를 지니고 있다.
기묘한 것은 그 뒤에 서 있는 그림자였다.
우선 그 모습은 공중에 떠 있었다. 발이 지면에 닿아 있지 않고, 그뿐 아니라 다리 자체가 어디에도 보이지 않았다. 얼굴은 하얗고 미끈한 가면에 덮여 보이지 않고, 긴 머리카락은 바람도 없는데 천천히 물결치며 주위에 펼쳐져 있었다. 그리고 손에는 날밑이 없는 칼집을 쥐고 있었다.
명백하게 인간이 아니다.
"이능력인가."
아쿠타가와가 중얼거렸다.
"내 이름은 교카." 조용히 선 소녀가 말했다. "마피아의 암살자."
교카는 품에서 구식 휴대전화를 꺼내 귀에 댔다.
"비켜라." 아쿠타가와의 목소리는 딱딱하고, 강철 같은 날카로움을 품고 있었다. "소녀라 해도 용서치 않는다. 최상층까지 가는 길을 가로막는 자는 모조리 베겠다."
"그래도 상관없어." 교카의 목소리는 아쿠타가와보다 더 감정이 없었다. "하지만 당신이 이대로 나아가면 그 사람과 싸우게 돼. 그 사람을 상처 입히는 인간은 그 전에 조용해져야 해. 이 세상 어떤 것보다도 조용하게."

교카는 그렇게 말하고는 휴대전화 버튼을 누르면서 말했다. "야차백설. 이 남자를—— 죽여."

소녀의 뒤에 서 있던 이능력 생명체가 칼집에서 칼을 뽑았다. 교카의 키만큼 긴 은도(銀刀)다.

"제1관문이라는 것인가." 아쿠타가와는 표정을 바꾸지 않고 말했다. "좋겠지. 와라."

은색 도신과 잿빛 칼날이 섬광이 되어 격돌했다.

"다자이 씨, 침입자입니다."

아쓰시가 보스 집무실에 빠른 걸음으로 들어와 말했다.

"그런 것 같군."

검은 외투를 입은 포트 마피아 보스 다자이는 창밖 풍경을 바라보던 채로 대답했다.

아쓰시는 그 창에 눈길을 멈추었다. 그 창은 전류를 흘리면 빛이 차단되어 검은 벽으로 바뀐다. 그러나 요 4년 간 그 창이 바깥 풍경을 통과시킨 적은 단 한 번도 없었을 터였다. 그런데 지금은 푸르게 펼쳐진 거리를 투명하게 비추고 있다.

"침입자는 이미 제1, 제2계층을 돌파했습니다." 아쓰시는 시선을 다자이에게 되돌리고 말했다. "상주 조직원은 모두

당했습니다. 상당한 실력자입니다."

"자네가 알고 있는 남자지?" 다자이는 아쓰시에게 등을 돌리고 풍경을 바라보면서 말했다.

"네." 아쓰시는 고개를 끄덕였다. "경비실에서 적의 영상을 확인했습니다. 침입자의 이름은 아쿠타가와. 찻집에서 조우한 이능력자입니다."

"그런가." 다자이는 냉정한 목소리로 말했다. "마침내 왔군."

다자이의 목소리에는 놀라움도 당황도 없었다. 그저 예정되었던 일이 예정대로 찾아왔다는 것을 확인할 때의 목소리였다.

"다자이 씨. ……질문을 허락해 주실 수 있을까요."

"좋아." 다자이는 여전히 얼굴을 아쓰시에게 향하지 않는다.

"그 침입자가 긴 씨의 오빠라는 게 사실입니까?"

다자이는 아주 잠시 침묵의 간격을 두었다.

그러고 나서 차가운 목소리로 "사실이다."라고 말했다.

아쓰시는 미간을 좁히고 약간 주저하는 표정을 보인 후, "그렇다면," 하고 말했다. "그자가 이곳에 침입한 것은 다자이 씨가 그렇게 유도했기 때문이다—— 이 말씀인가요?"

다자이는 아무 말도 하지 않았다. 그저 아쓰시에게 옆얼굴을 보인 채 시선만 돌려 아쓰시를 보았다.

"찻집에서 저는 다자이 씨가 준비한 편지를 그자에게 건넸습니다. 그리고 그자는 그 안에 있던 긴 씨의 사진을 보자마자 갑자기 감정을 폭발시켰고, 그 후 얼마 지나지 않아 여기에 나타났습니다."

아쓰시의 말에도 다자이의 표정은 모래알만큼도 변하지 않는다.

"혹시, 그 편지에는 긴 씨가 있는 곳이 여기라고 쓰여 있었던 건 아닌가요?" 아쓰시는 조용히 물었다. "즉—— 다자이 씨는 처음부터 그 이능력자에게 마피아 본부 빌딩을 습격하게 할 셈이었던 것 아닌가요?"

다자이가 돌아보았다. 그리고 표정을 바꾸지 않고 아쓰시 앞까지 걸어왔다.

그리고 듣는 자의 영혼을 잡아 찢는 듯한 낮고 거친 목소리로 말했다.

"그렇다고 한다면, 그게 어쨌다는 거지?"

아쓰시의 호흡이 멈추었다. 방 안의 공기가 소멸하기라도 한 것처럼.

"예를 들면, 비가 홍수를 일으켜 마을을 떠내려 보낸다. 벼락이 삼나무에 떨어져 기나긴 산불을 일으킨다. 지구의 아주 작은 흔들림이 쓰나미를 불러와 해안선의 형태를 바꾼다. ——자네가 지금 보고 있는 것은 그것이야, 아쓰시." 검은 외투의 다자이는 다정함마저 느껴지는 쉰 목소리로 말했다. "이 거대 암흑 조직 포트 마피아가 일으키는, 발작 같은 자연 현상. 조직원 한 명의 힘으로는 막기는커녕 파악조차 할 수 없는 거대한 흐름의 소용돌이다. 홍수의 진의를 헤아리는 것에 무슨 의미가 있지?"

아쓰시는 다자이를 보았다.

그리고 그 환각을 보았다. 다자이의 뇌수 한 점에서 발생한 음모의 격류가 이 방, 건물, 도시 모두를 뒤덮어 버리려 소용돌이치고 있는 환각을.

"모든 것은—— 다자이 씨 계획의 일부라는 겁니까?"

다자이는 대답하지 않는다.

"예전에 말씀하셨던…… '제2단계', '제3단계' 라는 개념과 관련이 있는 겁니까?"

다자이는 역시나 대답하지 않는다.

그 차가운 시선에서 백 마디의 웅변보다도 무거운 의미를 본 아쓰시는 등줄기를 펴고 말했다.

"알겠습니다. 포트 마피아 유격부대를 맡은 몸으로서, 당장 이 건물을 평화롭고 지루한 평소의 마피아 빌딩으로 되돌려 보여드리겠습니다." 그리고 발길을 돌려 출구로 걸어갔다. "그럼."

아쓰시가 성큼성큼 걸어 사라지는 것을 다자이는 조용한 눈으로 지켜보았다.

그리고 아무도 없는 공간을 향해 속삭이듯이 말했다.

"그래, 이것은 자연 현상이야." 다자이의 목소리에는 피로가 희미하고 길게 들러붙어 있었다. "누구도 막을 수 없고,

저항할 수 없다. 이 나조차도——. 할 수 있는 일이라면 사랑해주는 것뿐이다. 이 세계가, 하나의 거대한 거짓말이라는 사실을."

옷의 칼날과 은도가 격돌하고, 그 섬광이 공중에 빛의 벽을 만들어내고 있었다.

아쿠타가와의 외투에서 뻗어 나온 칼이 탄환의 비처럼 교카를 덮친다. 야차백설은 소리 없이 칼을 번뜩이며 음속의 검격으로 그 전부를 쳐서 떨어뜨렸다. 그러나 옷의 칼은 바닥나는 일이 없다. 야차의 초인적인 속도로도 반격으로 전환하기에는 공격의 밀도가 너무나도 높다.

"왜 그러지, 마피아의 암살자." 아쿠타가와는 입가를 누르며 태연한 목소리로 말했다. "나를 조용하게 만드는 게 아니었나? 막기만 해서는 침묵의 칼을 나에게 찌를 수 없다."

복도를 가득 메운 칼날의 비를 교카는 어둠을 품은 눈으로 조용히 바라보고 있었다.

"그럴지도 몰라." 교카는 무표정으로 말했다. "하지만 나에겐 달리 아무것도 없어. 나는 어둠의 꽃—— 사람을 죽인다, 그것밖에 없어. 그러니까 어떤 대가를 치르더라도 나는 당신을 죽일 거야."

교카가 앞으로 달려 나왔다.

"아니."

품에서 단도를 뽑아 앞으로 숙인 자세로 빠르게 달린다. 야차백설의 방어권 안을 넘어 더욱 앞으로.

옷의 칼이 교카에게 격돌했다.

연속으로 쇄도하는 칼의 공격을 좇아 교카의 단도가 내달린다. 초고속의 은광이 칼날을 튕겨내고 받아 넘긴다. 그러나 철이나 공간마저 절단하는 아쿠타가와의 이능력에 물리적 존재에 지나지 않는 교카의 단도는 저항할 수 없다. 당장 이가 빠지고 부서져 산산이 조각난다.

"왜 그러나. 그 정도인가."

"당신은 분명히 강해—— 하지만, 내가 한번 조직을 빠져나갔을 때 추격자로서 나를 죽이러 왔던 그 사람이 훨씬 강했어."

"뭐라고." 아쿠타가와의 눈이 노여움으로 가늘어진다. "흥. 그렇다면 들러리는 어서 퇴장해라."

아쿠타가와의 이능력 천이 서로 꼬여 거대한 창이 되어 분출한다.

그러나 그것을 본 교카의 표정에는 잔물결만큼의 변화도 일어나지 않았다.

그 눈 깊숙이에 있는 고요한 어둠을 확인한 순간, 아쿠타가와는 야성적인 본능으로 머리를 뒤쪽으로 젖혔다.

동시에 아쿠타가와의 얼굴이 있던 공간을 야차백설의 은도가 뚫고 지나갔다.

"이 무슨——."

측면 벽에서 투과체가 된 야차백설이 칼만 내밀어 기습한 것이다.

미처 완전히 피하지 못한 아쿠타가와의 머리카락이 몇 가닥 흩어지고, 칼날에 스친 콧등이 얇게 찢어져 피가 흘렀다.

교카는 자기 자신을 미끼로 삼고 그사이에 야차를 벽 너머로 잠입시켰던 것이다.

아쿠타가와의 자세가 무너지는 것을 야차백설은 놓치지 않는다. 서로를 칠 수 있을 만큼 가까운 거리에서 야차백설의 은도가 덮쳐든다. 폭풍 같은 검격의 밀도에 인간이 지나갈 수 있을 만한 틈은 일절 존재하지 않는다. 방어를 위해 공간 단열을 만들 시간도 없다. 라쇼몽의 천으로 어떻게든 계속 받아내지만 거리가 너무 가깝다.

"큭."

아쿠타가와의 뇌리에 선배인 오다의 말이 떠올랐다.

——너의 이능력은 강하지만 신체 승부가 되었을 때 아무래도 육체 자체의 약함이 드러난다.

"그렇다면 이능력 승부로 되돌릴 뿐이다……!"

아쿠타가와는 옷의 칼을 바닥에 찔러 넣고 남은 옷으로 자신을 감쌌다. 자신의 몸을 내던지듯이 야차에게서 멀리 떨어뜨려 거리를 둔다.

야차백설의 검격난무가 벽을, 바닥을, 천장을 잘게 조각냈다.

동시에 아쿠타가와가 구르듯이 복도 끝에 착지. 곧바로 이능력의 칼을 펼쳐 방어태세를 취한다.

신체능력에 구애받지 않는 중거리야말로 아쿠타가와의 최적 전투 거리. 승부는 다시 아쿠타가와에게 유리하게 기울었다.

——그런 것처럼 보였다.

"안 돼. 네가 교카를 다치게 하지 않겠어."

측면에서 주먹이 날아와 아쿠타가와에게 제대로 꽂혔다.

아쿠타가와의 몸이 기역자로 꺾였다. 발끝이 공중에 뜬다.

아쿠타가와는 복도 벽과 바닥에 몸을 부딪치며 날려가, 어찌할 방법도 없이 굴러갔다.

"괜찮아? 교카." 거기 서 있는 것은 포트 마피아의 하얀 사신—— 나카지마 아쓰시였다. "도우러 왔어."

"네, 놈……." 복도 끝에서 아쿠타가와가 신음하며 몸을 일으켰다. 거칠게 숨을 헐떡이며 몇 번인가 기침을 한다.

전투용 검은 외투에 거대한 이능력 제어용 목걸이를 찬 아쓰시는 신음하는 아쿠타가와에게 메마른 시선을 보냈다.

"그걸 맞고도 일어서다니…… 등뼈를 부술 작정으로 쳤는데." 아쓰시가 작게 얼굴을 찡그렸다. "그렇군, 충격의 순간에 이능력의 천을 몸에 모아서 완충재처럼 위력을 줄인 건가. 훈련이나 기술로 얻은 게 아니야. 짐승 같은 투쟁본능이 가능케 한 것…… 강적이군."

복도에 조용히 선 아쓰시에게는 추호의 빈틈도 없다. 그저 서 있는 것만으로도 주위의 공기가 팽팽하게 긴장되는 기운을 발하고 있다.

교카는 조용히 걸어 아쓰시 옆에 다가갔다.

“예감이 들었어.” 교카는 아쓰시의 손을 잡으며 말했다. “내가 이 남자를 죽이지 않으면, 분명 네가 이 남자 앞에 설 거라고. 그리고 어느 한쪽이 목숨을 잃는 사투가 될 거라고. ……미안해.”

“괜찮아, 교카.” 아쓰시는 교카의 손을 다정하게 맞잡았다. “나는 안 죽어. 네 곁에 있을 거야. 이제 다시는 너를 혼자 어둠 속에 가라앉게 하지 않을 거야.”

교카의 하얗고 가는 손가락이 아쓰시의 손을 강하게 잡았다. 심연의 어둠 속에서 유일하게 내려진 생명줄을 꽉 쥐듯이.

“어둠 속이라도 무섭지 않아.” 교카는 가냘픈 목소리로 말했다. “너와 함께라면.”

아쿠타가와는 눈을 가늘게 뜨고 그런 두 사람의 모습을 관찰했다.

한 명으로도 고전했던 마피아의 이능력자를 상대로 2대 1. 심지어 적의 거점 한가운데에서. 그럼에도 아쿠타가와의 목소리에는 산들바람만큼의 동요도 없다.

“어둠의 조직에서 서로 기대는 마음씨 다정한 살인귀들이라.” 아쿠타가와는 희미하게 조롱하는 울림을 띤 채 말했다. “감동적인 이야기군. 허나 이곳에 오기 전에 나도 조사를 마쳤다. ‘포트 마피아의 하얀 사신’과 ‘35명 살해자’. ——불길한 별명이다. 아무리 피에 젖은 손을 마주 잡아도 서로에게 온기를 전할 수는 없다."

"그럴지도 몰라." 아쓰시는 고요한 눈으로 말했다. "그렇다면 너와 긴 씨도 다시는 서로에게 온기를 전하지 못하겠지."

아쿠타가와의 머리카락이 곤두섰다.

"……네 이놈……!"

꽉 깨문 송곳니가 빠각 소리를 냈다. 아쿠타가와의 주위에서 천이 큰 뱀 무리처럼 몸부림친다.

"긴의 손이 피로 물들었다면, 그건 네놈들에게 유괴된 탓이다……!"

아쿠타가와의 외투가 변형되어 늑대의 머리를 지닌 짐승의 모습으로 변형되어 간다. 짐승이 노여움에 차 울부짖는다.

아쓰시는 그 짐승과 아쿠타가와를 말없이 바라보고 있었다.

"너는 이길 수 없어. 내게는 교카가 있지만 너는 혼자야. 아무도 너의 편에 서지 않아. 너의 패인은 그 고독이야. ……교카."

아쓰시는 억양 없는 목소리로 교카에게 말했다. 교카가 작게 고개를 끄덕이고 휴대전화에 귀를 댄다.

"야차백설. 적을 죽이고 나와 이 사람을 지켜줘." 교카가 휴대전화를 향해 가냘픈 목소리로 말했다.

그러나.

"……?"

야차백설은 무기를 겨누지 않는다. 옴짝달싹하지 않는다. 그저 교카의 뒤쪽에 비현실적으로 일렁이며 떠 있다.

"야차백설?"
교카는 야차를 보고, 그런 다음 휴대전화를 보았다. 화면이 까맣다. ……전원이 꺼졌다.
"누구한테 편이 없다고?"
어디선가 목소리가 들렸다.
"같은 편이라면 있어. 그것도 이 도시 최강의 이능력자 조직이 말이지."
교카의 휴대전화가 보이지 않는 손에 빼앗겼다.
복도에 어디서부터인지 부드러운 눈이 내리기 시작했다.
"아쿠타가와 씨! 바닥을 떨어뜨리는 거야! 도망치자!"
그 목소리와 동시에 교카의 뒤쪽에서 사람 그림자가 나타났다. 그 그림자를 확인한 순간 아쿠타가와의 이능력 늑대가 짖고는 바닥을 깎아내며 비상했다.
무수한 섬광이 복도에서 충돌해 마구 날뛰었다.

진동이 마피아 본부 빌딩을 감쌌다.
비상 장치가 작동하고 건물의 이상을 알리는 경계경보가 울려 퍼졌다.
절단된 복도의 바닥재가 낙하하여 물건들을 파괴하고 벽면에 무수한 균열을 냈다. 마피아 조직원들은 갑작스러운 붕괴와 경보에 놀라 한 손에 총을, 다른 손에는 무전기를 들고 건물 안을 우왕좌왕했다.

그 혼란 속에서 이능력으로 모습을 감춘 아쿠타가와와 다니자키는 복도 가장자리를 살며시 걸어 이동했다. 그리고 건물 끝에 있는 청소용구실로 숨어들었다.

실내에 감시 장치가 없는 것을 확인하고 입구를 잠근 다음 다니자키는 바닥에 앉았다. 그리고 아쿠타가와 쪽을 향해 "괜찮아?"라고 물었다.

"아아." 아쿠타가와는 방 벽에 체중을 맡긴 채 입을 누르고 작게 기침을 했다. "경상이다. 나도…… 이 암살자도."

아쿠타가와의 발밑에는 이능력의 천으로 구속당한 교카가 누워 있었다. 의식이 없고 속눈썹이 긴 눈은 조용히 감겨 있다. 아쿠타가와의 이능력에 감겨 이곳까지 운반된 것이다.

"이 아이는 왜?"

아쿠타가와는 그 질문에는 대답하지 않고 교카를 내려다본 후 다니자키 쪽을 보고 물었다. "이 소녀가 소지하고 있던 휴대전화는?"

"여기 있어." 다니자키가 옷소매에서 휴대전화를 꺼내 보였다. "란포 씨한테 들었어. 포트 마피아의 소녀 암살자, 이즈미 교카…… 그녀의 이능력인 『야차백설』은 휴대전화에서 나오는 목소리에만 복종한다고."

"그 소문은 나도 들은 적이 있다." 아쿠타가와는 냉철한 목소리로 말했다. "그렇다면 이 소녀도 어느 정도 쓸모가 있다."

"쓸모?"

"그 전에 대답을 들을까." 아쿠타가와는 작게 기침을 하고 다니자키를 보았다. "왜 왔지, 다니자키 씨. 무슨 속셈인가? 이 싸움은 어디까지나 나의 개인사이며 독단. 탐정사가 관여할 이유는 존재하지 않는다. 하물며, 이 복마전인 포트 마피아의 거점에 숨어들어 나를 돕는 위험을 무릅쓸 이유 따위는…… 여동생을 잃은 어리석은 자에 대한 동정인가?"

"아니야. 탐정사 사원이라서야." 다니자키는 곤란한 듯이 미소 지었다. "나와 너는 비슷해. 차이가 있다면 그거야. 탐정사 사원은―― 죽어가는 여동생을 목숨 걸고 구하려 하는 사람을 내버려두지 않아."

아쿠타가와의 눈이 날카로워졌다. "죽어가는 여동생, 이라고?"

"이 편지." 다니자키는 품에서 편지를 꺼냈다. "아쿠타가와 씨가 찻집에서 받은 포트 마피아 보스의 편지. 그 속에 아쿠타가와 씨의 여동생인 긴 씨의 처형일시가 적혀 있었어."

"뭐라고!?"

아쿠타가와는 다니자키가 들고 있는 편지를 낚아채 문면을 응시했다.

"시각은 오늘 일몰. 이제 한 시간도 안 남았어." 다니자키는 엄격한 눈으로 말했다. "이 편지를 읽은 사장님이 탐정사 사원 전원에게 현재 업무의 동결과 아쿠타가와 씨의 원호를 명했어. 지금쯤 모두가 구출을 위한 작전을 세우고 있을 거야. ……그렇긴 해도."

다니자키는 갑자기 어두운 표정이 되어 말했다.

"처형 시간까지 앞으로 한 시간. 실행할 수 있는 작전의 폭은 제한될 수밖에 없어. 애초에…… 왜 포트 마피아 보스가 여동생 분의 처형 예고를 탐정사에 보낸 건지 이유를 전혀 알 수 없어."

"나에 대한 도발이다." 아쿠타가와는 편지다발을 증오스럽다는 듯이 구겼다. "놈…… 부추기고 있는 것이다. 시간까지 최상층으로 오라고, 여동생을 구하고 싶다면 목숨을 걸라고."

"함정이라는 건가——." 다니자키는 심각한 얼굴을 했다. "이제 어떡할 거야?"

"뻔한 일이다. 도발에 넘어간다. 함정을 깨부수고 적을 갈가리 찢고 최상층에서 검은 옷의 남자를 쳐부순다."

"하지만." 다니자키는 괴로운 얼굴로 아쿠타가와를 보았다. "이 앞길에는 마피아의 강력한 이능력자가 길을 막을 거야. 조금 전과 같거나 더 강한 자가. 내 이능력으로 모습을 감추고 빠져나가려 해도 각 층에 내려온 격벽은 돌파할 수 없어. 아쿠타가와 씨의 이능력으로 격벽에 구멍을 뚫으면 경보가 울려서 위치를 들킬 거야. ……어떻게 하면 좋지."

그때 문 너머에서 목소리가 들렸다.

"어떻게 하지 않아도 된다. 너희는 여기서 끝이다."

입구 문이 폭발해 날아갔다.

벽재가 사방으로 튄다. 실내에 파편이 세차게 쏟아진다.

파괴된 문 너머에는 무수한 그림자.

"스스로 출구 없는 방으로 도망치다니, 쫓기고 있다는 자각이 부족하잖아." 입구에서 소년의 목소리가 말했다.

"아니── 말도 안 돼, 어떻게 여기를."

다니자키가 아연실색하여 입구를 본다. 그곳에는 총을 든 마피아 전투원이 열 명 이상 있었다. 그 중심에 있는 것은 짧은 하얀 머리를 나부끼는 앳된 소년의 모습.

"탐정사 형씨. 당신의 이능력은 모습은 감출 수는 있어도 냄새까지는 감추지 못하는 모양이야." 나카지마 아쓰시가 감정이 담기지 않은 목소리로 말했다. "그래서 호랑이의 후각으로 당신의 냄새를 쫓았어. 다친 사냥감의 냄새를 쫓는 건 육식동물의 특기니까."

입구 너머에서 무수한 총구가 아쿠타가와와 다니자키에게 향한다.

살의가 부풀어 오른다.

"크, 크크…… 크크큭."

어울리지 않는 웃음소리가 실내에 울려 퍼졌다.

아쿠타가와였다.

"육식동물? 육식동물의 약점이 뭔지 아느냐, 호랑이. 그건 말이지, 사냥당하는 것이 익숙하지 않다는 것이다." 아쿠타가와는 잔혹한 웃음을 지었다. 그 눈에는 검은 불꽃이 일렁이고 있다. "사냥당하는 사냥감이, 사냥터에서 기다리고 있었다고는 결코 생각지 못하지."

"기다리고 있었다고?" 아쓰시가 미간을 좁힌다.

"이것이다."

아쿠타가와는 휴대전화를 귀에 댔다. 다니자키가 빼앗은 교카의 휴대전화다.

"야차백설. 한 시간 후, 주인인 교카의 목숨을 거두어라."

"뭣."

아쓰시가 놀라 튀어나오려 했다. 그것을 천의 칼로 견제하면서 아쿠타가와는 이어서 휴대전화에 명령했다.

"내가 이 목소리로 명령했을 때만 살해를 중지해라. 그 한 시간 동안 다른 목소리에 의한 명령에는 결코 응하지 마라."

야차백설이 공간에 떠올라 칼을 뽑고 아쿠타가와 옆에 다가섰다. 마치 명령을 받드는 종자처럼.

사태를 가장 먼저 파악한 것은 아쓰시였다.

"아차……!"

아쓰시는 눈을 부릅뜨고 아쿠타가와를 노려본다.

아쿠타가와는 그 시선을 서늘한 얼굴로 받았다. "자, 호랑이. 상황을 이해했는가? 나를 최상층까지 안내해 다오."

"크……!"

아쿠타가와가 한 발 내디딘다. 마피아 조직원들이 경계하며 총을 조준한다.

"전원, 총을 내려라!"

아쓰시가 으르렁거렸다.

그 노기에 실내의 벽이 부르르 떨린다.

당황하여 아쓰시를 보는 전투원들을 향해 아쓰시는 이어서 일갈했다. "총을 내려라, 지금 당장! 모르겠나? 교카의 야차백설은 휴대전화의 목소리 외에는 따르지 않아! 절대로, 무슨 일이 있어도!"

"그러하다. 그리고 한 시간 후에 야차는 소녀를 죽인다. 철회하려면 나의 목소리로 명령할 수밖에 없다. 즉."

"교카가…… 인질……!"

"그렇다. 어쩔 텐가, 호랑이? 소녀를 죽게 내버려두고 폭력과 지배 말고는 능력이 없는 마피아의 본질을 발휘해 보겠나?"

아쓰시는 대답하지 않는다. 얼굴을 숙이고 머리를 누르고 있다.

"교카를…… 살려……."

그 목소리는 분노에 떨리고 있다. ——아니.

"뭐지?" 다니자키가 중얼거렸다. "뭔가—— 상태가 이상해."

아쓰시는 자신의 머리를 양손으로 꽉 붙잡았다. 손가락 관절이 하얗게 되고 손끝이 두피에 파고든다.

"안 돼…… 교카를 지켜야…… 지켜야…… '사람을 지킬 수 없는 자는 살아갈 가치가 없다' …… '사람을 지킬 수 없는 자는' ……."

다니자키도 아쿠타가와도, 마피아의 조직원들도 아쓰시의 모습을 주시하고 있었다. 그 목소리가 떨리는 것은 분노 때문이 아니다. 온몸의 근육이 긴장되어 있는 것은 싸우려는 의지 때문이 아니다.

공포다.

"알았다. 네게 따르겠다. 최상층까지 안내하겠어…… 그러니 교카를 다치게 하지 마라. 반드시, 무사히, 풀어줘라."

아쓰시는 겁먹은 눈으로 말했다. 공포로 이가 따닥따닥 소리를 내고 식은땀이 온 얼굴에 배어 있다.

아쿠타가와는 그런 아쓰시를 잠시 무표정으로 바라본 후 "약속하지."라고 말했다.

"전원, 총을 내려라. 명령이다. 거스르는 자는 내가 죽인다." 아쓰시는 조직원들에게 그렇게 말하고 복도로 걸어갔다. "이쪽이다."

석양빛 거리를 내려다보는 보스 집무실.

그 한가운데에서 다자이는 홀로 팔짱을 끼고 집무용 책상에 앉아 있었다.

그 입가에는 보일 듯 말 듯 희미한 미소. 그 눈가에는 이승과 저승의 경계를 바라보는 희미한 어둠.

"드디어 제4단계다." 다자이는 쉰 목소리로 말하고 책상에서 일어섰다. "갈까."

그렇게 말하고 다자이는 작게 발소리를 울리며 방을 가로질러 문을 열고 집무실에서 사라졌다.

아쿠타가와와 아쓰시는 줄줄이 마피아 빌딩 내부를 이동했다.

그것은 기묘한 행군이었다.

이동하는 두 사람에게 경비 마피아원은 모두 총을 겨누었다—— 한 번은. 그러나 계속 겨누지는 못했다. 누구에게도 그럴 용기는 없었다.

'포트 마피아의 하얀 사신' 이 고요한 살기를 흩뿌리고 있었기 때문이다.

총을 내리라고 명령한 것도 아니다. 침입자에게 위해를 가하지 말라고 지시한 것도 아니다. 아쓰시는 그저 조용히 그 자리에 존재하고, 조용히 걸었을 뿐이다. 그러나 그것을 본 마피아의 조직원, 폭력과 지배의 세계에서 살아 온 그 길의 숙련자들은 누구나가 한순간에 이해했다. 지금, 아쓰시와 그 동행자에게 한순간이라도 살의를 보내면 방아쇠를 당기기도 전에 죽는다.

'포트 마피아의 하얀 사신' 은 아쓰시의 적이 붙인 별명이 아니었다.

그것은 같은 편이, 포트 마피아에 있는 아쓰시의 동료들이 붙인 이름이었다. 정체를 알 수 없는 감정에 작동하는 명계의 짐승. 하얀 죽음을 흩뿌리는 것. 한번 '그쪽' 의 아쓰시가 얼굴을 내밀면 적에게도 같은 편에게도 평등하게 죽음이 찾아온다. 이해가 닿지 않는 저승의 신. ——하얀 사신.

"나는 이 계단으로 1층까지 내려갈게."

두 사람이 비상계단까지 왔을 때, 그때까지 모습을 감추고 있던 다니자키가 나타나 말했다.

다니자키는 운반하고 있던 교카를 어깨에 다시 둘러메고 진지한 목소리로 말했다. "아쿠타가와 씨, 조심해."

"그러지." 아쿠타가와가 끄덕였다. "나에게서 연락이 가면 소녀를 해방해라. 그때까지 누구에게도 들키지 않도록 모습을 감춰라."

"알아."

아쓰시는 굳은 표정으로 다니자키를 보고 있었지만 아무 말도 하지 않았다.

계단을 내려가 사라질 때, 다니자키는 딱 한 번 고개를 돌려 "아쿠타가와 씨." 하고 말했다.

"뭐지."

"조금 전에 나는 말했어. 나와 너의 차이는 탐정사 사원인가 아닌가, 라고." 다니자키는 망설이듯이 아쿠타가와를 보았다. "하지만 그건 정확하지 않아. 너도 이미 탐정사 사원이야. 최상층의 싸움에서 만약 궁극의 선택이 닥쳐왔을 때는 그걸 떠올려 주길 바라."

아쿠타가와는 잠시 다니자키를 본 후 입을 열었다. "왜 지금 그런 이야기를 하지?"

"정의의 사자는 여동생을 잘 구출하고 둘이서 살아 돌아올 거야. 그게 정석이니까.” 다니자키는 조금 미소 지은 뒤 진지한 얼굴로 돌아와 말했다. “나도 입사하고 좀 지나서 그걸 깨달았어. 그래서 꽤나 위안이 됐거든.”

아쿠타가와는 다니자키를 빤히 보았다. 그 표정 어딘가에 있는 진실의 답을 찾는 듯이.

“잘 들어. 시험 같은 건 상관없어. 탐정사 사원이라고 강하게 믿은 순간부터 너는 탐정사 사원인 거야. 그 사실이 너에게 반드시 힘을 줄 거야. 너는 그걸 믿기만 하면 돼.”

아쿠타가와는 상대의 진의를 재려는 듯이 다니자키를 보고 있었지만, 이윽고 납득한 듯이 끄덕였다. “믿지. ……조심해서 가라, 다니자키.”

“너도, 아쿠타가와.”

다니자키는 소녀를 둘러메고 계단을 내려갔다. 내려가는 도중에 두 사람의 모습은 눈 녹듯 사라졌다.

다니자키와 헤어지고, 아쿠타가와와 아쓰시는 계속 나아갔다.

10층을 넘었을 무렵부터 주위에는 경비를 서는 자는커녕 아무런 소리 하나 들리지 않게 되었다. 마피아 전체에 침입자에게 다가가지 말라는 명령이 내려진 것이다. 거대한 묘비처럼 고요해진 마피아 빌딩 내부를 두 사람은 발소리만 울리며 걸었다.

“네놈의 권한으로 몇 층까지 올라갈 수 있지?”

아쓰시가 고개를 돌려 억압된 자의 눈동자로 아쿠타가와를 보았다. 그리고 말했다. "최상층까지."

"그렇다면 나는 옳은 상대를 협박한 모양이군." 아쿠타가와는 작게 끄덕이고 말했다. "한 번 노려보는 것으로 마피아의 검은 옷들을 닥치게 하다니, 보기보다 네놈은 고참인 듯하군. 마피아에 들어온 지 몇 년 됐지?"

아쓰시는 대답하지 않고 그저 침묵하며 아쿠타가와를 노려보았다.

"대답하지 않겠다면 그것도 좋다." 아쿠타가와는 냉혹한 눈으로 말했다. "허나, 나의 기분에 따라 소녀에게 지금 당장 죽음의 전화를 걸 수 있다는 것을 잊지 마라."

"그만둬!" 아쓰시는 재빠르게 돌아보고 겁먹은 눈으로 말했다. "알았어. ……4년 반. 내가 조직에 들어온 건 4년 반 전이야."

"4년 반……?" 아쿠타가와의 눈이 가늘어진다. "들어온 이유는?"

"어떤 사람에게 권유받았어. 고아원에서 쫓겨나와 산야를 떠돌고 있을 때." 아쓰시는 시선을 피하고 어딘지 모를 곳을 보며 말했다. "마피아에 들어오라고. 그렇게 하면 내가 원하는 것을 주겠다고."

"권유한 인물은…… 현재의 포트 마피아 보스, 다자이인가?"

"그래." 아쓰시는 끄덕였다. "어떻게 알았지?"

"역시 그런가." 아쿠타가와는 잠시 생각한 후 말했다. "4년 반 전은 내 앞에 검은 옷의 남자가 나타난 시기와 거의 겹친다. ……그때 놈은 나를 선택하지 않고 너를 선택했다. 새로운 부하로.”

“네가 마피아에?” 아쓰시는 아쿠타가와에게 흘끗 시선을 보냈다. “상상도 안 돼.”

“그러하다. 내가 마피아에 들어가다니 있을 수 없다.” 아쿠타가와는 단언했다. “암흑사회의 인간은 모조리 구역질이 난다. 왜냐하면, 나의 동료를 죽인 것은——.”

거기까지 말하고 아쿠타가와는 입을 다물었다. 남겨진 말의 여운이 공중에 떠돌았다.

그리고 몇 분간, 두 사람은 말없이 걸었다.

계층이 30층에 달했을 무렵 아쓰시가 다시 입을 열었다.

“만일 다자이 씨가 내가 아니라 너에게 권유를 했었다면.” 아쓰시는 숨죽인 목소리로 말했다. “모든 것은 달라졌을지도 몰라. 하지만 그렇게 되지는 않았어. 그 사람의 머릿속에 있는 것은 전부 필연이야. 그러니 너는 여동생을 구해낼 수 없어.”

“뭐라고?” 아쿠타가와의 표정이 변했다.

“‘필연’이야. 모르는 거야? 아까, 탐정사 동료가 ‘정의의 사도는 여동생을 잘 구출하고 둘이서 살아 돌아올 거’라고 말했어. 그 말 자체는 옳을지도 모르지. 하지만 너는 선한 쪽의 인간이 될 수 없어. 보면 알아.”

아쿠타가와는 재빠르게 아쓰시의 목덜미를 잡아 힘껏 벽에 내팽개쳤다.

"취소해라."

아쿠타가와가 으르렁대는 짐승 같은 목소리로 말했다. 짓눌린 아쓰시의 목걸이가 삐걱 소리를 냈다.

"취소해도 아무것도 달라지지 않아." 아쓰시는 기묘하게 억양 없는 목소리로 말했다. "이 세계에 있으면 사람의 선악에 대해 싫어도 자세히 알게 되지. 소녀를 인질로 잡아 협박하고, 자신의 욕망밖에 보지 않고, 목적도 어느새 파괴의 욕망으로 바뀌어. 그게 너야. 그 증거로 너는 이 건물에 온 뒤로 '보스를 내놓아라', '최상층에 안내하라' 고는 말해도, '여동생을 데려오라' 고는 한 번도 말하지 않았어. 사실은 그 말을 제일 먼저 해야 하는데—— 뒤바뀐 거야. 목적이, 욕망으로. 너는 그런 놈이야. 그러니 너는 여동생을 구할 수 없어. 영원히."

이능력의 천이 팽창해 아쓰시의 온몸을 벽에 꿰매 붙였다. 동시에 아쿠타가와의 주먹이 아쓰시의 얼굴을 거세게 때린다.

"아니야!"

때린다, 때린다, 때린다. 아쓰시의 입술이 찢어져 피가 벽에 튄다.

아쿠타가와의 등 뒤에서 천이 서로 꼬여 거대한 창이 생성되었다. 전갈의 꼬리처럼 아쓰시를 겨눈다.

"죽어라……!"

"그만둬, 오빠."

서늘하고 차분한 목소리가 건물 안에 울려 퍼졌다.

아쿠타가와가 주먹을 멈추고 믿을 수 없는 것을 본 듯한 눈으로 목소리가 들린 쪽을 보았다.

거기에는 검은 정장의 여성이 있었다.

긴 검은머리를 뒤로 묶은 조용한 여성이다. 너무도 조용해서 존재감이 희박하게까지 보인다. 살아있는 인간이라기보다 그 자리에 생성된 입체적인 그림 같다.

"긴."

아쿠타가와가 멍하니 중얼거렸다.

"왜 왔어, 오빠." 긴은 희미한 발소리도 내지 않고 걸었다. "나를 여기서 빼앗아 가면 우리는 평생 마피아에게 쫓기게 돼."

"상관없다." 아쿠타가와는 말했다. "누가 방해하든, 미래에 무엇이 가로막든, 너를 되찾는다. 그렇게 맹세했다."

"그렇지." 긴은 아주 조금 슬픈 표정을 띠고 말했다. "오빠는 그런 사람이야."

긴은 걸어서 아쿠타가와 바로 앞에 왔다.

아쿠타가와가 두 팔을 벌리고, 긴은 그 속에 뛰어들었다.

"길었어." 긴을 끌어안고, 눈을 감고, 아쿠타가와는 말했다. "허나 되돌렸다. 너를. 4년 반 전에 범한 나의 잘못을."

"아니, 되돌리지 않았어." 아쿠타가와의 품속에서 긴은 속삭이듯이 말했다. "아직 아무것도."

그 직후 아쿠타가와의 표정이 아픔에 일그러졌다.

긴을 뿌리친다. 긴은 비틀거리지도 않고 작은 동물처럼 바닥을 차고 도약해 물러났다.

아쿠타가와는 옆구리를 누르고 있었다.

아쿠타가와의 옆구리에는 번쩍이는 유성 같은 얇은 은빛 단도가 꽂혀 있다.

"긴……." 아쿠타가와가 고통스러운 표정을 띠고 중얼거렸다. "어, 째서……."

긴은 조용히 서서 오빠의 얼굴을 바라보았다.

그리고 "보스가 말한 대로였어."라고 말하고 고개를 저었다. 뒤에서 묶은 검은머리가 흔들려 기묘하게 과장된 소리를 냈다. "당신은 방금 아쓰시 씨를 때려죽이려고 했어. 나를 구하기 위해 필요한 안내인인데."

"아니다, 그것은."

단도에 찔린 상처에서 검붉은 피가 배어나와 아쿠타가와의 옷을 더럽혀 간다.

"오빠는 나 같은 건 아무래도 좋은 거야." 긴은 눈을 내리깔고 아주 조금 슬픈 듯한 얼굴을 했다.

"다른 인간들 누구든 아무래도 좋은 거야. 관심이 있는 건 자기 자신뿐."

"아니다, 나는, 너를 구하, 려고."

"아니. 그날도 똑같았어." 투명한 울림을 지닌 긴의 목소리가 아쿠타가와의 말을 덮어 버렸다. "그날, 오빠는 분노와 복수에 사로잡혔어. 무법자를 묻어 버리기 위해 숲속으로 달려 사라졌어. 하지만 왜? 왜 다친 나를 내버려두고 갔어?"

그것은 단죄의 눈, 규탄의 눈. 긴의 눈은 차갑고, 날카롭고, 용서가 없다.

"그것, 은."

"정말로 복수를 생각한다면, 동료의 원수를 갚고 싶다면, 습격하기 전에 계획을 짰을 거야. 부상을 치료하고, 상대를 조사하고, 참을성 있게 때를 기다렸을 거야. 하지만 당신은 그렇게 하지 않았어. 제대로 작전도 세우지 않고, 다친 나를 내버려두고, 적의 품으로 뛰어들었어. 마치 복수의 불꽃을 즐기는 것처럼."

"아니다, 긴, 나는." 아쿠타가와는 토해내듯이 말했다.

"아니라면 증명해. 나를 여기서 납득시켜. 그건 원대한 계획이었다고. 마음에 들지 않는 세계를 짐승처럼 그저 부수고 싶었던 게 아니라고." 긴의 눈이 작게 일그러졌다. "부탁이야, 말해."

"그것은."

아쿠타가와는 입을 열었다. 완벽하게 설득할 말이 있었다.

"그것은."

완벽하게 설득할 말이 있었을 터였다.

"그것은……."

그 말이 어딘가에 있을 터였다. 5초, 아니 10초만 있으면 완벽한 대답으로 긴을 설득할 수 있을 터였다.

30초가 흘러도, 아쿠타가와는 바닥을 본 채 굳어 있었다. 열린 입에서는 말 한마디 나오지 않았다.

긴은 절망한 듯이 눈을 내리깔고 고개를 저었다.

"내가 돌아가면 오빠는 또 나를 핑계거리로 삼을 거라고 보스는 말했어." 긴은 아쿠타가와에게 등을 돌렸다. "주위를 파괴할 핑계거리로. 나도 그렇게 생각해. 그러니까 나는 당신과 함께 있을 수 없어." 아쿠타가와에게서 시선을 떼고 걸어간다.

"아니다, 기다려라 긴! 보스는 너를 처형할 작정이다, 돌아가서는 안 된다!"

"알고 있어." 긴은 멈춰 서서 속삭였다. "내 목숨과 맞바꿔서 오빠를 살려달라고 탄원할 거야. 오빠가 살려면 그 수밖에 없어. ……안녕, 오빠."

그리고 긴은 날렵하게 바닥을 차고 뛰어올랐다.

"그만둬! 기다려라 긴!"

아쿠타가와는 옆구리를 누르며 달려 나갔다. 긴을 쫓아서. 그러나 긴의 몸놀림은 작은 동물처럼 민첩해서 금세 보이지 않게 된다.

"어째서냐? 나는 너를 구하러 왔을 뿐이다! 정말로── 그뿐이다!"

긴을 쫓아 아쿠타가와가 달려간다.

남겨진 아쓰시도 한발 늦게 쫓아가려 했다. 그러나 곧바로 멈춰 섰다.

무전기에서 통신 신호가 나오고 있다. 보스에게서다.

〈쫓지 마라, 아쓰시.〉 아쓰시의 귀에 댄 통신기에서 보스인 다자이의 목소리가 들렸다. 〈상황은 알고 있다. 자네는 놈을 앞지르는 거다.〉

"보스—— 다자이 씨." 아쓰시는 통신기에 귀를 기울였다. "경비실에서 우리의 영상을 보고 계신 겁니까?"

〈아니. 다른 곳이다. 하지만 상황은 알고 있다. 교카를 위기에서 구하기 위해 자네가 배신하고 적을 안내하고 있었던 것도 말이지.〉

"배신이라니……! 저는, 단지."

〈그것도 알고 있어. 그러니 대책을 알려 주마.〉 다자이의 목소리는 진지한 것 같으면서도 즐기고 있는 것 같기도 하다. 〈교카의 약점은 예전부터 알고 있었다. 휴대전화에서 들리는 목소리에만 복종하는 야차백설은 사용하기에 따라서는 적의 무기가 될 수도 있어. 그래서 그녀의 휴대전화는 조작을 해 두어서 통화된 음성이 전부 녹음되도록 되어 있지.〉

"녹음?" 아쓰시는 미간을 좁혔다. "그렇다면."

〈음성 일부를 편집해서 다시 내보내면 명령을 바꿀 수 있다.〉

다니자키는 마피아 본부 빌딩에서 떨어져, 근처에 세워 두었던 탐정사의 화물차 짐칸에 숨어 있었다.

"약속한 일몰까지 앞으로 30분인가." 시계를 확인하면서 불안한 듯이 말한다. “아쿠타가와, 일이 잘 풀렸으면 좋겠는데…….”

불현듯, 정신을 잃고 바닥에 누워 있는 교카의 휴대전화가 울리기 시작했다.

저절로 통화 상태가 되더니 휴대전화에서 음성이 흘러나온다.

〈야차 · 백설.〉 그 음성은 어딘가 합성된 듯한 잡음을 포함하고 있었다. 그러나 틀림없이 아쿠타가와의 목소리다. 〈살해를 · 중지해라.〉

“엇…….”

다니자키는 당황하여 휴대전화를 붙잡았다. 하지만 어떤 버튼을 눌러도 반응이 없다. 누군가가 원격으로 전원을 끈 것이다.

교카 위에서 하얀 야차백설이 작게 끄덕이더니 사라졌다.

마피아 본부 빌딩 내부에서 아쓰시가 믿을 수 없다는 표정으로 무전기를 붙잡고 있었다.

〈명령할 때 사용된 아쿠타가와의 목소리 일부를 편집해서 휴대전화로 내보냈다.〉 다자이의 목소리는 한없이 평온하다. 〈게다가 전화기 전원을 껐으니 새로운 협박 명령을 내릴 수도 없어.〉

"그럼, 교카는."

〈이제 안전……하다고 말하고 싶지만, 한 가지 걱정이 남아 있다.〉 다자이는 말했다. 〈교카 본인은 아직 적에게 붙잡혀 있다. 즉 상황 변화를 알게 된 아쿠타가와가 직접 동료에게 연락해 교카를 죽이게 하는 것은 가능하지. 물론 이쪽에서도 추적은 하겠지만, 모습을 감추는 환영의 이능력을 상대로 수색하기는 어렵겠지. 교카를 구할 방법은 하나.〉

"살해 지시를 내리기 전에…… 아쿠타가와를 죽인다."

아쓰시는 잠꼬대처럼 단조롭게 감정이 결여된 목소리로 말했다.

손가락이 무전기를 강하게 쥔다.

〈교카를 구해라, 아쓰시.〉

그렇게 말하고 통신은 끊어졌다.

침묵한 무전기를 꽉 쥐고 아쓰시는 등을 굽혔다. 등은 떨고 있다. 어디로도 향할 수 없는 공포에.

그 떨림이 가야 할 출구를 발견했다. 떨림은 딱 멎었다.

" '누군가를 구할 수 없는 자는…… 살아갈 가치가 없다' ."

아쓰시가 시선을 앞으로 향했다. 그 눈동자에 있는 것은 푸르고 차가운 불꽃.

#3

내 이름은 오다 사쿠노스케. 무장 탐정사의 일원이다.

어떤 인물에 관해 알고 싶다면 그 인물의 직업을 아는 것이 지름길이라고 사람들은 말한다. 일리 있는 생각이다. 그러나 나에게 그 법칙은 들어맞지 않는다.

왜냐하면 나는 탐정사에 어울리는 정신도, 탐정사에 어울리는 재능도 가지고 있지 않기 때문이다.

나는 어디에나 있는 그냥 지쳐빠진 남자. 길거리에 떨어져 있는 담배꽁초 같은 흔하디흔한 삼류 탐정이다.

2년 전, 나는 《창색 사도》 사건을 해결하고 탐정사에 들어왔다. 그때의 일은 잘 기억하고 있다. 온갖 것들이 오른쪽으로 기울었다가 또 왼쪽으로 기울었다. 이리 기울었다 저리 기울었다 하는 사건 속에서 나는 가까이 있는 것을 붙잡고 흔들림이 멎기를 기다리는 것이 고작이었다. 사건을 해결할 수 있었던 것은 우연의 산물이라고밖에 말할 수 없다.

그래도 해결한 이상 시험은 합격. 나는 탐정사의 일원이 되었다.

그 이래로 나는 탐정사에 들어오는 의뢰를 해결해 생활하고 있다. 고아를 양육하고, 커피를 마시고, 휴일에는 아주 약간 도박을 하고, 밤에는 주방에서 소설을 쓴다. 그런 생활이다. 검소하고 조촐하여 누군가에게 자랑할 수 있을 만한 생활과는 거리가 멀다. 그래도 나는 지금 생활이 나름대로 마음에 든다.

오늘의 탐정사 일은 아주 조금 달랐다.

나는 약속한 상대를 만나려고 상점가를 걷고 있었다.

일몰까지 그리 멀지 않은 시각, 도로는 오렌지빛 석양의 바다에 잠기고 사람들은 심해 생물처럼 과묵하게 길을 오가고 있었다. 바닥에 깔린 돌 끄트머리에 어젯밤 누군가가 남기고 간 토사물 자국이 있었다. 청년이 탄 은색 자전거가 우주선의 부품처럼 바퀴에서 빛을 내며 나를 앞질러갔다.

지저분해진 커피 젤리 같은 거리. 싫어할 수 없는 광경이다.

오늘 일은 탐정사 신입과 관계가 있었다. 아쿠타가와라는 이름의 신입이 이 땅에 뿌리를 내린 포트 마피아라는 비합법 조직의 본부에 들어가 있다. 좋게 말해줘도 머릿속 나사가 빠졌다고밖에 할 수 없는 행동이었다. 자신의 뼈를 망치로 부숴서 동물의 먹이로 주는 편이 더 상식적이다. 덧붙여 말하면 이 신입을 탐정사에 추천한 것은 나였다. 나는 여전히 자기 신발에 스스로 압정을 넣는 것 같은 짓만 하고 있다. 이건 이미 숙명적인 버릇이라 받아들일 수밖에 없다.

지금 걱정해야 할 것은 나보다 백배는 머리가 어떻게 된 신입의 생명이다.

그 신입—— 아쿠타가와는 강력한 이능력자다. 게다가 수라장을 헤쳐 왔다. 녀석이라면 어쩌면 마피아의 방어를 떨쳐내고 여동생과 재회를 이루어낼 가능성도 있으리라.

그러나 길은 거기까지다. 아쿠타가와가 살아서 일상을 되찾는 일은 결코 없다.

포트 마피아란 이 도시의 어두운 곳에 부는 밤바람 같은 것이다. 뒷골목 하나, 개천 한 줄기에 이르기까지 그 숨결이 빈틈없이 닿아 있다. 만약 아쿠타가와가 여동생을 되찾아 빌딩에서 탈출할 수 있다 해도, 포트 마피아는 반드시 두 사람을 찾아내 길거리에 거꾸로 매달아 놓을 것이다. 남매의 경동맥을 끊고 갈고리에 꿰어 마피아에 반항한 인간의 피가 길 위에 얼마나 번질 수 있는지 사람들에게 보여주겠지.

그래서 사장님은 명령을 내렸다. 아쿠타가와를 구하라고. 그가 여동생의 목숨을 구해내고 무사히 탐정사에 돌아올 수 있도록 하라고.

내 담당은 '탈출 후' 였다.

아쿠타가와와 그 여동생을 마피아가 용서하는 일은 있을 수 없다. 체면 문제가 있기 때문이다. 침입자인 아쿠타가와를 용서하면 외부에 내세울 체면이 무너지고, 여동생의 배반을 용서하면 내부에 보일 체면이 무너진다. 그것을 강제로 없었던 일로 치려면, 돈이나 이권 정도로는 불가능하다. 그럼 무엇이 필요한가.

생각한 끝에 나는 한 가지 결론을 냈다. 협박. 그것밖에 없다. 마피아의 급소가 될 정보를 잡아 정부기관에 넘기겠다고 협박한다. 그리고 정보 반환을 조건으로 아쿠타가와에 대한 복수를 단념하게 한다.

그러려면 내부 협력자가 필요하다. 그냥 협력자로는 안 된다. 마피아의 중추—— 특히 돈의 심장부에 가까운 인간이 좋다. 마피아에게 돈은 피다. 피에 독을 풀어 넣어서 무사한 생물은 없다.

나는 암흑사회의 무리들을 짚어가다 그 인물에 도달했다. 마피아의 금고를 맡은 회계 담당이다. 조직의 자금 세탁에 오랫동안 몸담아 온 금고지기 노인으로, 취미는 분재와 박보장기.

그쪽이 지정한 약속 장소는 뒷골목에 있는 낡은 술집이었다.

시각은 일몰 무렵. 아직 개점하기 전이다. 그러나 약속 상대가 손을 써 두었는지 나무로 된 문은 열려 있었다.

문을 지나 지하로 통하는 계단을 내려간다. 어둡고 건조한 지하 계단은 시간을 거슬러 과거로 돌아가는 길처럼 느껴졌다. 가게 안쪽에서 희미하게 음악이 들려왔다.

술집 안은 오소리 굴처럼 좁고 쥐죽은 듯 고요했다. 카운터, 바 스툴, 벽에 늘어선 다양한 상표의 술병. 점원은 없다.

가게의 가장 안쪽 자리에는 이미 약속 상대가 앉아 있었다.

술이 든 유리잔을 우울한 눈으로 바라보며, 손가락으로 잔

테두리를 매만지고 있었다.

나는 눈을 깜빡였다.

"……누구냐, 너는?"

거기 있는 것은 노인이 아니었다.

내 목소리에 그 인물은 얼굴을 들고 긴 속눈썹 너머로 나를 보았다.

그리고 겨우 보일 듯 말 듯한 미소를 지었다.

"여어, 오다 사쿠. 오랜만이야." 검은 외투를 입은 청년이 말했다. "한잔 하기는 아직 이른가?"

무섭다.

무섭다, 무섭다, 무섭다, 무섭다, 무섭다.

어둠 속에서 그놈이 쫓아온다.

나는 필사적으로 도망친다. 허벅지가 찢어지든, 폐가 터지든 신경 쓰지 않는다. 필사적으로 달린다. 도망친다.

하지만 그놈에게서는 도망칠 수 없다. 왜냐하면 그놈은 내 머릿속에 있는 괴물이니까.

「절대로, ——서는 안 돼, 아쓰시.」

과거로부터 들리는 목소리가 머릿속에서 메아리친다. 누구의 목소리? 다자이 씨다. 검은 사슬이 되어 온몸에 휘감기는 저주의 목소리.

「절대로, ——서는 안 돼, 아쓰시.」

결코 도망칠 수 없다.

알고 있다. 그놈은 어디까지고 쫓아온다.

소리치려 해도 목이 없다. 울려 해도 눈이 없다. 나는 온몸이 산산조각 날 듯한 공포에 겁에 질리며 자신에게서 계속 도망친다.

하지만 자신에게서는 도망칠 수 없다. 이 세상 누구도.

아쓰시는 마피아 빌딩 내부를 질주하고 있었다.

거의 짐승에 가깝게 앞으로 숙인 자세로 달려, 벽을 차고 복도를 직각으로 꺾는다. 계단을 튕기듯 달려 올라가 입체적인 궤도로 건물을 달려 나간다.

아쓰시의 머릿속에 있는 것은 아쿠타가와를 따라잡는 것. 즉 교카를 구하는 것뿐. 다른 모든 것은 표백되어 머릿속에서 사라졌다.

통로 끝에 총을 든 마피아 조직원들이 이동하는 것이 보였다.

숫자는 여덟 명 정도. 아쓰시의 진행로를 막고 있다.

“비켜.”

짐승의 으르렁거림과 함께 아쓰시가 무리에게 달려들었다.

그것은 폭풍우나 포탄의 통과였다. 아쓰시가 달려든 충격에 노출된 조직원은 벽에 내동댕이쳐져, 거의 무슨 일이 일어났는지도 모른 채 기절했다. 한순간 빨리 돌진을 깨달은 조직원은 반사적으로 총을 겨누었다. 그러나 아쓰시가 곁을 빠져나간 직후 가지고 있던 소총은 산산조각 난 부품이 되어 흩어졌다. 그리고 그것을 깨달을 틈도 없이 팔과 몸통에서 피를 뿜어냈다.

아쓰시가 재앙의 바람이 되어 통과한 후, 의식을 유지하고 있을 수 있는 조직원은 전무했다.

아쓰시는 무슨 짓을 했는지 거의 의식하고 있지 않았다.

그저 앞으로. 공포에서 도망치기 위해.

「절대로, ──서는 안 돼, 아쓰시.」

달리는 아쓰시의 시야에 아쿠타가와의 등이 들어왔다.

아쓰시는 울부짖고, 속도를 올려 뛰어들었다.

불길한 목소리에 아쿠타가와가 돌아보았다. 아쿠타가와는 외투를 커튼 모양으로 펼쳐 방어벽으로 삼으려 했지만, 그보다도 빨리 아쓰시가 바닥을 부수고 도약했다. 천을 날려버리며 아쿠타가와의 품으로 뛰어든다.

「절대로, ──서는 안 돼, 아쓰시.」

아쓰시가 포효한다.

"으르르르르크아아아아아!!"

"바보 같은──."

아연실색한 아쿠타가와의 얼굴을 아쓰시의 주먹이 때려 부순다.

아쿠타가와의 목이 한계까지 꺾인다. 대형차에 치인 것처럼 아쿠타가와가 홀 안을 날아간다.

아쿠타가와는 벽에 내팽개쳐져 한순간 의식을 잃었다. 실이 끊긴 인형처럼 바닥에 앞으로 쓰러진다.

쓰러지지 않았다. 고속으로 쫓아간 아쓰시가 아쿠타가와의 어깨를 붙잡고 공중에 들어 올렸기 때문이다.

짐승이 포효한다.

붙잡은 어깨를 벽에 밀어붙인다. 벽에 박힌 아쿠타가와의 몸에 아쓰시가 연달아 날리는 주먹이 꽂힌다.

주먹, 주먹, 주먹, 주먹, 주먹. 연사하는 기관총처럼 퍼붓는 주먹의 비가 아쿠타가와의 몸을 부수고 뒤쪽 벽에 균열을 낸다. 아쿠타가와의 몸이 추처럼 흔들린다.

맨손으로 총신을 갈라버릴 정도로 날카로운 주먹은 살아있는 인간이라면 일격을 받기만 해도 당장 치명상을 입는다.

그런 주먹이 아쿠타가와의 몸에 무수히 쏟아졌다.

몇 대를 때려도 아쓰시는 공격을 멈추지 않는다. 부릅뜬 눈에는 극한의 공포. 손이 떨리고, 이가 맞부딪치고, 온몸에서 식은땀이 뿜어져 나오고 있다.

무섭다, 무섭다, 무섭다, 무섭다, 무섭다.

「절대로, ――서는 안 돼, 아쓰시.」

아쓰시는 공격을 멈출 수 없다. 멈추고 싶어도 멈출 수 없다. 공포에 움직이는 몸은 이미 의지에 제어당하기를 거부하고 있다.

아쓰시의 금이 간 영혼이 비명을 지르고 있다. 멈출 수 없다. 영혼은 계속해서 금이 가고 있다. 1년 전 그때부터 계속.

"——았, 다——."

아쓰시의 주먹이 멎었다.

아쿠타가와의 입술이 작게 말의 형태를 만들어내고 있었다.

"알았, 다, 네놈의—— 그것은, 공포가, 아니다."

아쓰시의 온몸을 오한이 꿰뚫는다. 호흡이 끊어진다.

"네놈의, 그것은—— 죄책감, 이다."

아쓰시의 시야가 새하얗게 물든다.

극한을 넘어선 감정이 뇌세포를 태워 버린다.

"아……."

목소리가 들렸다. 스승의 목소리가.

「보스로서 명령한다.」 과거의 목소리. 검은 사슬. 「절대로, 고아원에 가서는 안 돼, 아쓰시. ……알겠지?」

………………………………….

그날 나는 명령을 어겼다.

마피아의 명령을. 다자이 씨의 명령을. 반드시 지켜야만 하는 명령을.

나는 고아원을 습격했다.

1년 전, 나는 이미 유격부대의 일원으로서 상당수의 부하와 정보를 움직일 수 있는 지위에 있었다. 시 경찰의 내부 협력자에게 정보를 누설하게 할 수도, 상해 사건을 개인적으로 은폐해버릴 수도 있는 힘을 얻었다.

그 힘을, 나는 단 한 번 사용했다.

과거를 불태우기 위해.

어떤 인간이든 머릿속에는 아이 하나를 키우고 있다.

그것은 자신이다. 어둠 속에서 흐느껴 우는 어린 시절의 자신이다. 누구도 이해해 주지 않는, 누구도 손을 내밀어 주지 않는 어린 자신. 그 아이를 달래기 위해서라면, 울음을 그치게 하기 위해서라면 사람은 무슨 짓이든 한다.

어떤 무도한 짓이라도 한다.

나의 경우는 그 아이를 울리는 과거의 감옥을 불태우고 악마를 죽이는 것이었다.

사실대로 말하면 그것은 너무나도 간단한 일이었다. 부하를 이용해 일대를 봉쇄하고 고아원을 습격했다. 전화선을 절단하고 주차 차량을 전부 파괴하고 나서 호랑이의 모습이 되어 기숙사에 돌입했다.

공포는 있었다. 그러나 죄를 범하는 것에 느끼는 공포가 아니다. 내가 원장 선생님에게 이길 수 없는 것이 아닐까 하는 공포다. 한 번 노려본 것만으로도 온몸에서 피가 뿜어져 나와, 마음을 잃고 쓰러지는 것이 아닐까 하는 공포다.

그 공포를 이겨내기까지 긴 세월이 필요했다. 몇 번이나 계획을 짰다가 좌절했다.

그러나 오늘, 나는 그 공포에 이긴다.

용기를 낸 이유는 몇 가지 있다. 그중 하나는 타인이 보기에는 별것도 아닌 이유다.

그날은 내 생일이었다. 그래서 나는 진정한 의미로 내가 태어난 날, 또 하나의 생일로 하고 싶었다.

3년 반 만에 찾은 고아원은 몹시도 작고 초라해 보였다. 회반죽벽은 금이 가고, 도로는 포장도 되지 않은 채 흙이 드러나 있고, 물 긷는 우물은 말라 있었다. 마치 들판에 버려져 말라 가기를 기다릴 뿐인 백골 같았다.

그럼에도, 부지를 나아갈 때마다 기억의 딱지가 벗겨지고 선택의 여지없이 피가 뿜어져 나왔다. 이가 부러질 때까지 맞았던 뜰. 너무 긁어서 벗겨진 손톱이 벽에 그대로 박혀 있는 징벌방. 배가 고픈 나머지 숨어들었지만 나중에 벌 받을 것이 무서워 나갈 수 없었던 식품창고.

그 모든 것을 태워 버리지 않는 한 기억 속의 아이는 울음을 멈추지 않는다. 누구나 쉽게 알 수 있는 일이다.

오늘은 내 생일이다. 오늘, 나는 감옥을 불태우고 다시 태어나는 거다.

세세한 부분까지 뚜렷하게 기억하고 있는 고아원 안을 달려, 이 땅을 지배하는 악마의 왕이 있는 성…… 원장실에 도착했다.

나는 문을 거칠게 열었다.

직후, 심장이 얼어붙었다.

원장이 똑바로 나를 보고 있었다. 팔짱을 끼고 방 안에 서 있었다.

"늦었구나, 78번." 원장 선생님은 말했다.

나를 기다리고 있었다.

원장의 얼굴에는 공포도 놀람도 없이 그저, 평소의 그 시선 —— 원생을 내려다보고 지배하는 그 얼음 같은 시선만이 있었기 때문이다.

"나를 78번이라고 부르지 마." 나는 쥐어짜듯이 말했다. 최대한 강한 목소리로.

원장은 그것마저 꿰뚫어보는 듯한 눈으로, "졸업식에는 늦지 않은 것 같군."이라고 말했다.

"졸업식?"

그 순간 바로 뒤의 문이 닫혔다. 튼튼한 철문이 자동으로 닫히고, 철컥 하고 열쇠가 잠기는 소리가 났다.

당시의 나는 몰랐지만 원장실은 자동으로 닫히고 문이 잠기도록 되어 있었다. 내가 들어갈 수 있었던 것은 원장이 미리 열어 두었기 때문이다.

그때 사이렌이 울렸다.

점심 식사 후의 청소시간을 알리는 사이렌이다. 한순간 몸이 멋대로 청소를 시작하려는 것을 의지의 힘으로 억누른다.

"그리운가?" 원장이 나를 내려다보며 말했다. "질서의 소리다. 무엇이 너희를 규정하는지 알려주는 소리다."

"확실히 그래." 나는 원장을 노려보았다. "이 고아원에는 시계가 없어. 그래서 우리는 이 사이렌 소리 말고는 행동을 결정할 단서가 없었어. 이건 우리를 옭아매는 소리야. 그리고 옭아매고 있었던 건 이 고아원에서 유일하게 시계를 가진 인간. ……당신이야."

나는 시선을 올려 벽시계를 보았다. 낡은 적갈색 추시계.

옛날과 다름없이, 신처럼 초침을 새기고 있다.

"'시계를 소유하는 것은 확립된 하나의 의지를 가진 인간이라는 증명이다'." 원장은 몇백 번이나 했던 대사를 암송했다. "'고로'——."

"'고로, 지배받고 교육받기 위해 사는 너희에게 시계는 필요 없다'." 나는 나머지 대사를 암송했다. "그렇게 말하며 당신은 시계 소유를 금했어. 한 번은 자기가 모은 돈으로 시계를 사려고 했던 최상급생이 있었지. 그는 추방당했어. 반죽음을 당한 다음에."

"그렇다. 하지만 너는 그런 실수는 저지르지 않았지, 78번. 실로 순종적이었다."

그렇게 말하고 원장은 책상 위에 있던 나무 상자를 손에 들었다.

본 적이 없는 흰 나무 상자다. 손바닥보다 조금 크고 장식이 없다.

"그 상자는 뭐지." 내 목소리는 떨리고 있었다.

"뻔하지 않으냐." 원장은 단조로운 목소리로 말했다. "여기서 졸업하기 위한 물건이다."

기다림. 상자. ——불길한 예감이 목구멍까지 치솟아 올랐다.

"졸업? 졸업이라니 뭐야. 그 상자는 뭐야! 안에 있는 물건으로 나에게 뭘 할 셈이야!"

상자를 든 채 원장 선생님이 다가온다. 온몸에서 식은땀이 뿜어져 나온다.

상자 안에 있는 것은 무기겠지.

그런데도 몸이 움직이지 않는다.

냉정해져라. 나는 필사적으로 스스로에게 말했다. 이렇게 가까운 거리에서 격투를 하면 내가 이긴다. 나무 상자의 내용물이 총이라 해도 작은 권총의 총알로는 나에게 치명상을 입힐 수 없다.

그러나 원장은 내가 오는 것을 알고 있었다. 게다가 내가 호랑이의 힘을 가지고 있는 것도 알고 있었을 것이다. 그렇다면…….

폭탄인가?

이 밀실에서 폭탄이 터지면 폭풍이 반향을 일으켜 살상력은 몇 배로 뛰어오른다. 고성능 폭약이라면 호랑이의 재생능력이 발동하기 전에 내 머리를 날려 버리겠지.

나는 호랑이의 힘을 청각에 집중시켜 발동했다. 그리고 얼어붙었다.

몇 배로 증폭된 청력이 상자 속에서 들려오는, 무언가가 시간을 재는 소리—— 째깍, 째깍 하는 소리를 들었기 때문이다.

안 좋다.

"내 가르침을 기억하고 있느냐?" 원장이 다가온다. " '사람을 지킬 수 없는 자는 살아갈 가치가 없다' ."

"그만둬." 나는 떨리는 목소리로 말했다. "가까이 오지 마."

원장이 내 바로 눈앞에 서서 두 팔을 벌렸다. 거대한 지배자.

다리가 멋대로 한 발 물러선다.

숙명인 것이다. 이 사람에게 저항하지 못하는 숙명.

아니야, 아니야, 아니야, 아니야.

저항해라, 저항해라, 저항해라, 저항해라. 저항해라 아쓰시. 그러지 않으면 죽는다.

몸의 말단 부분이 멋대로 떨린다. 심장의 고동이 커다랗다.

"오늘 이 날을 기해, 나의 교육을 끝마친다."

"그만둬!"

저항해라, 저항해라, 저항해라, 저항해라.

저항해라!

온몸의 세포가 절규했다.

"우와아아악!"

축축한 소리가 울렸다.

내 팔이 꿰뚫고 있었다. 원장의 가슴을. 관통하여 손가락이 등에서 빠져나와 있었다.

"————, ——."

원장이 무언가 속삭였다.

그 내용은 귀에는 들어왔지만 머리까지는 닿지 않았다.

머릿속에서는 새빨간 경보와 함께 '저항해라' 라는 단어가 아직 메아리치고 있었다.

"으아아아아아아아!"

나는 원장의 몸을 밀치고, 바닥에 쓰러진 상대에게 올라탔다.

때리고, 때리고, 때렸다. 어마어마한 피가 바닥에 튀었다. 얼굴뼈가 부러지는 끔찍한 감촉이 주먹에 전해져도 나는 주먹을 멈출 수 없었다.

이윽고 때릴 것이 없어지고 딱딱한 바닥의 감촉만이 주먹에 전해질 때 비로소 나는 주먹을 멈추었다.

그때 문득 바닥에 떨어진 나무 상자가 시야 한구석에 들어왔다.

나무 상자의 뚜껑이 열려 내용물이 바닥에 뒹굴고 있었다. 나는 그것을 보았다.

손목시계였다.

그 곁에는 이렇게 쓰인 종이가 떨어져 있었다.

'생일 축하한다.'

뭐지?

뭐지 이건?

왜 그런 글자가 쓰여 있는 것인가. 왜 손목시계 같은 것이 들어 있는 것인가.

——시계를 소유하는 것은 확립된 하나의 의지를 가진 인간이라는 증명이다.

새 시계. 이 고아원의 경영 상태로 이만한 고급 시계를 사기에는 상당히 부담이 되었으리라.

——여기서 졸업하기 위한 물건.

그때 겨우, 원장이 마지막에 했던 말이 머리까지 도달했다.

「그래. ……그거면 된다.」

그때 원장은 펼친 팔을 내게 뻗으려고 했다. 아버지가——포옹할 때처럼.

진실은 명백했다.

그러나 아무리 진실이 빠르게 가슴을 꿰뚫어도, 머리는 아무것도 이해하려 하지 않았다.

원장은 바닥에서 죽어 있다.

아무 말도 하지 않는다. 이제 두 번 다시.

왜인지 그때, 갑자기 깨달았다.

만약에 내가 더욱 강해지고 성장해서 아무리 자랑을 해도, 그는 다시는 말해 주지 않는 것이다.

잘했구나, 하고. ——제법이잖아, 라고.

가능성은 있었다. 그가 살아만 있으면, 언젠가는.

그러나 그는 이제 아무 말도 하지 않는다.

세상에서 가장 원했던 말은 다시는 손에 넣을 수 없다.
내가 죽였으니까.
"으아아아아아아아아아아아아아!"

생각해 보면 부자연스러운 점이 몇 가지나 있었다.
나는 자신이 식인 호랑이라는 것을 계속 몰랐다.
원장 선생님도, 고아원의 모두도 '식인 호랑이'의 정체에 대해 내게 비밀로 했다. 고아원을 망가뜨리고 부상자를 낸 흉포한 흰 호랑이. 호랑이가 날뛰는 빈도는 결코 낮지 않았다. 그러니 적어도 고아원 선생님들은 그 정체를 알고 있었을 것이다. 그런데 누구도 나에게 그것을 밝히지 않았다.
나중에 조사하여 그 이유가 밝혀졌다.
호랑이를 몰래 조사하기 위해 고아원에 왔던 연구자를, 호랑이는 죽였다. 안개처럼 희고 긴 머리와 사과 같이 붉은 눈동자를 가진 연구자였다. 그 죽음이 알려지고 군경이 들어왔다면 재해 지정 맹수가 되었던 호랑이, 즉 나는 틀림없이 교수형을 당했을 것이다.
원장 선생님은 그 사건을 덮었다.
연구자의 시체를 강에 떠내려 보내고 소지품을 불태웠다. 그리고 연구자 같은 사람은 아무도 고아원에 찾아오지 않았다고, 고아원의 모두에게 입을 맞추도록 했다.

그리고 나에게 변신 중의 기억이 없다는 것을 확인하자, 내가 계속 지하의 반성실에 갇혀 있었던 것으로 했다.

그 뒤로도 호랑이가 날뛸 때마다 원장 선생님은 사후처리를 했다. 주위에 피해가 나오지 않도록, 내가 아무도 다치게 하지 않도록 지하실에 격리했다.

그래서 나는 계속 호랑이가 어딘가 먼 곳에서 나타나는 맹수라고 믿었다.

원장은 나를 누구보다 잘 알고 있었다.

만약 자신이 호랑이라는 것을 알았다면 내가 버티지 못했을 거라는 것도.

내가 자신의 호랑이를 제어하고 받아들일 수 있는 나이가 될 때까지 나를 밖으로 내보내지 않고 계속 지켜야 한다는 것도——.

"네놈의, 그것은—— 죄책감, 이다."

어깻죽지를 붙들려 벽에 붙박인 아쿠타가와가 그르렁거리는 목소리로 말했다.

"아……." 아쓰시의 눈이 초점을 잃는다. "으아……아아, 아아아아, 아아아아아악!"

아쓰시가 외치며 아쿠타가와의 몸을 내던졌다.

아쿠타가와의 몸이 공중에서 포물선을 그리며 날아간다.

부자연스러운 형태로 꺾이면서 낙하. 다시 튀어올라 건물 끝의 창문 근처까지 굴러간다.

위를 보고 쓰러진 아쿠타가와의 몸에 아쓰시가 착지한다. 아쿠타가와를 다리 사이에 끼고 올라탄 자세로 유성처럼 두 주먹을 쏟아붓는다.

아쿠타가와의 등 뒤에서 바닥재가 중심에서 퍼져 나가듯 부서져 흩어진다.

이미 아쿠타가와의 외투는 방어 동작조차 하지 않는다.

그것은 인간의 영역을 넘어선, 운석의 연속 낙하 같은 압도적인 파괴였다.

"아니야, 아니야, 아니야, 아니야, 아니야!" 때리면서 아쓰시는 아우성쳤다. "아니야, 나는 몰랐을 뿐이야! 나는, 다른, 방법 같은 건!"

"약자의 상투적인 자기변호로군."

갑자기 아쿠타가와가 속삭였다.

둔탁한 소리.

아쓰시의 왼팔이 팔꿈치부터 절단되고, 피가 꼬리를 끌며 바닥에 구른다.

"아……?"

아쿠타가와 주위에서 다시 숨이 붙은 것처럼 천의 칼이 꿈틀거렸다. 그 직후 칼날이 아쓰시의 어깨, 배, 목, 넓적다리를 꿰뚫고 창처럼 뻗어가 뒤쪽 벽에 꿰매 붙였다.

"컥——!"

아쿠타가와가 천천히 유령처럼 일어섰다.

온몸에서 피가 흐르고 있다. 그러나 발걸음은 안정적이다.

"어떻, 게……." 아쓰시가 피거품이 입에 밴 목소리로 말했다. "그만큼, 공격을, 받고……."

"맞기 직전에 나의 피부 바로 밑을 이능력으로 잘랐다. 그리고 공간 단열을 만들어내 타격이 살과 뼈에 침투하는 것을 막은 것이다." 아쿠타가와는 자신의 피부를 쓰다듬으며 말했다. "나의 비장의 술수, 최종 방어수단이다. 설마 이 정도로 빨리 쓰게 되리라곤 예상하지 못했으나."

아쓰시를 찌른 칼날 다발이 꺾이고 팽창한다. 살을 마구 휘젓는 격통에 아쓰시가 비명을 지른다.

"공포와 속죄를 연료로 삼는 이능력자여." 아쿠타가와는 아쓰시에게 걸어가며 말했다. "네놈의 공포, 모르는 것도 아니다. 이 세상에 최악인 것이 있다면 그것은 후회다. '그때 이렇게 했더라면' 하고 생각하며 사는 것은 지옥이다."

말을 듣고 아쓰시의 표정이 두려움에 흔들린다.

아쿠타가와가 아쓰시에게 다가간다. 그 눈에는 면도날 같은 날카로움을 지닌 빛.

"허나 지금 이 순간의 네놈은 내게 있어 여동생에게 가는 길을 가로막는 장벽에 지나지 않는다. 나는 다시는 후회하지 않는다. 그러기 위해 너를 갈가리 찢어 버리고 앞으로 나아가도록 하겠다."

아쿠타가와의 칼날이 폭이 넓은 단두대가 되어 아쓰시의

눈앞에 내걸린다.

마피아 빌딩 35층, 중앙제어 감시실.

그 어둑어둑한 방의 문이 열리고 숨을 헐떡이며 긴이 방안으로 들어왔다.

긴은 무거운 발걸음으로 비틀비틀 걸어서 감시 제어반에 다가가 벽에 손을 짚더니, 그대로 무릎에 힘이 빠져 힘없이 바닥에 주저앉았다.

"오빠……." 긴은 벽에 머리를 대더니, 설산에 홀로 남겨진 사람처럼 무릎을 끌어안고 웅크렸다.

방 안은 사람이 없고 어둑어둑하다. 벽 한 면에 표시된 건물 내의 감시영상들만이 온도가 없는 빛을 방안에 던지고 있다.

그 영상 중 하나에 아쿠타가와와 아쓰시가 비치고 있다. 이 능력으로 아쓰시를 벽에 못 박은 아쿠타가와가 지금 막 상대의 목숨을 빼앗으려 하고 있었다.

"오빠…… 더 이상은, 그만둬." 쉰 목소리로 영상에 비친 오빠를 향해 말을 건다. "더 이상 죽이면, 당신은 살아서 돌아가지 못하게 돼……."

긴은 떨고 있었다. 그러나 그것은 추위 탓이 아니다.

긴은 비틀비틀 일어서 감시실 제어반으로 향했다.

"설령 당신이 어떤 인간이든." 긴은 가냘프게 제어반 위의 제어키를 돌리고 번호가 붙은 손잡이를 움직였다. “나는 당신이 살아있어 준다면 그걸로 됐어.”

그리고 책상에 놓인 통화 단말을 귀에 댔다.

“그만해, 오빠.” 긴은 통화 단말을 향해 말했다. “그대로 돌아가.”

〈그만해, 오빠.〉 아쿠타가와와 아쓰시가 있는 홀에 긴의 음성이 울려 퍼졌다. 〈그대로 돌아가.〉

“긴.” 아쿠타가와가 고개를 돌려 소리가 나오는 곳을 찾았다. “긴, 어디냐.”

〈나는 포기하고 돌아가.〉 긴의 목소리는 감정 표출을 거부하고 억누른 듯 담담했다. 〈모르겠어? 당신을 만나려고 했으면 언제든 만날 수 있었어. 나는 4년 전에 유괴당한 게 아니라, 스스로 보스의── 그 고독한 사람의 권유를 받아들인 거니까. 당신 곁에 나타나지 않았던 건 당신이 소중한 사람을 가져서는 안 되는 사람이라서야.〉

“뭐라고?” 아쿠타가와는 당황하여 긴의 목소리가 들려오는 쪽을 올려다보았다. “무슨 의미냐.”

〈당신의 파괴는 마피아와도 달라. 마피아의 파괴에는 의도와 합리성이 있어. 하지만 당신에게는 그것조차 없어. 당신의 폭력은 사랑하는 사람을 말려들게 해서 모든 것을 파괴

해. 자신조차도. 왜냐하면 오빠는.〉

긴의 말이 거기서 한 번 끊어졌다. 그 목소리는 용기를 그러모을 만큼의 시간 동안 침묵하고는 다시 홀에 울려 퍼졌다.

〈왜냐하면 오빠는, 악한 쪽으로 태어난 인간이니까.〉

아쿠타가와의 두 팔이 아래로 털썩 떨어졌다.

그 얼굴에는 부모님을 놓쳐버린 어린아이 같은 당황한 표정이 떠올라 있다.

"내가, 악? 그게 돌아올 수 없는 이유?" 아쿠타가와는 당혹스러운 목소리로 말했다. "모르겠다, 긴. 아무것도 모르겠다. 네가 무슨 말을 하고 있는지 전혀 이해할 수 없다."

음성은 대답하지 않는다.

"긴, 대답해라! 나에게 무엇이 부족하지? 어떻게 하면 너를 되찾을 수 있지?"

음성은 여전히 대답하지 않는다.

이미 통신 음성을 끊어 버렸기 때문이다.

"모르겠다—— 긴! 대답해라! 부탁이다, 긴!"

갑자기 벽이 부서지고 파편이 사방에 튀었다.

아쿠타가와가 돌아보는 것보다 빠르게 라쇼몽의 천이 갈가리 찢어진다. 짐승의 포효.

거기 있는 것은 아쓰시가 아니었다. 인간조차도 아니었다.

"아니——." 아쿠타가와가 경악에 눈을 부릅떴다. "백호——!?"

소형 자동차에 필적하는 거체가 아쿠타가와의 몸을 들이받는다.

겹쳐진 한 명과 한 마리는 유리창에 격돌하고, 유리를 부수면서 뚫고 나갔다.

그 앞에 있는 것은—— 아무것도 없는 허공.

아쿠타가와와 백호는 마피아 빌딩 밖으로 떨어져 내렸다.

"오랜만이라고 했지." 나는 그 남자에게 걸어가며 물었다. "나와 만난 적이 있나?"

술집에서 기다리고 있던 남자는 태어났을 때부터 가지고 있었던 것 같은 익숙한 미소를 지었다.

"아니. 첫 대면이다." 그렇게 말하고 유리잔의 얼음을 굴려 딸그락 소리를 냈다. "이 가게에 온 것도 처음이고, 여기서 술을 마시는 것도 처음이고, 자네와 여기서 만나는 것도 처음이야, 오다 사쿠."

나는 다시 가게 안을 둘러보았다.

담배 연기가 스며든 벽도, 시간의 흐름에 의해 거의 칠흑으로 변색된 기둥도, 벽의 술 선반도 조명도 모두 하나같이 기나긴 시간의 세례를 받았다. 가게 안은 좁아, 손님이 들어오면 통로를 간신히 비집고 지나가야 하리라. 가게 안의 공간을 만드는 모든 요소가 고요하고 또 친밀했다. 누군가와 비밀스러운 시간을 보내기 위해 만들어진 공간이다.

가게 안에 작게 흐르는 재즈 음악이 슬픈 이별에 관한 노래를 부르고 있었다.

나쁘지 않은 가게다. 하지만 마피아의 내통자와 배신 모의를 하기에 어울리는 가게라고 말하기는 힘들다.

"한 가지 묻고 싶은데." 나는 신경 쓰였던 것을 물었다. "그 오다 사쿠라는 건 나를 부르는 말인가?"

"그래." 청년은 곤란한 듯한 얼굴로 미소 지었다. "그 이름으로 불린 적이 없나?"

"없군." 나는 솔직하게 대답했다. 대부분의 사람들은 나를 오다라고 부른다. 그렇게 묘한 부분에서 끊어 부르는 이름을 한 번이라도 들었다면 잊을 리가 없다.

남자는 내게서 시선을 피하고 고개를 숙이고 웃었다. 그것은 내가 아니라 자기 자신에게 향하는 미소였다. 거듭 말하자면 달리 어떤 표정을 지으면 될지 몰라 미소의 모양을 만들었을 뿐인 것처럼 보였다.

기묘한 남자다.

"아무튼 앉게, 오다 사쿠." 남자는 자기 옆의 카운터석을 가리켰다. "뭘 마시겠나?"

"김렛. 비터는 빼고."

그리고 지정된 자리 옆, 남자에게서 한 칸 띄운 자리에 앉았다. 만약을 위해서.

남자는 무언가를 생각하는 듯한 기색으로 옆자리의 공백을 내려다본 후 카운터 안쪽으로 들어가 술을 만들었다. 그리고 나는 다자이다, 라고 자기소개를 했다.

다자이라고 이름을 댄 청년은 자리로 돌아와 자신의 유리잔을 들고 건배 동작을 했다. 하지만 나는 건배에 응하지 않고 술에도 아직 입을 대지 않았다. 이 상대가 신용할 만한 인물인지 아직 판단하지 못했기 때문이다.

잠시 동안 다자이는 말없이 술을 마셨다. 유리잔 안에서 얼음이 회전하는 소리만이 말을 대신해 울렸다.

"오다 사쿠. 재미있는 이야기가 있는데, 듣겠나?" 문득 청년이 참을 수 없게 된 듯이 말했다.

"뭐지?"

"얼마 전에 불발탄 처리를 했어. 마침내 말이지."

나는 청년의 얼굴을 보았다. 청년의 눈은 진지했다. 그 눈은 힘 있게 똑바로 나를 응시하고 있었다.

"염원이 이루어졌어. 무심결에 불발탄을 끌어안고 춤을 추고 말았다고! 그걸 꼭 자네에게 전해야 한다고 생각했지."

나는 "그런가." 하고 대답했다. 내가 했지만 얼빠진 대답이다. 그러나 상대의 말이 어디를 향해 던진 것인지, 어떤 착지점을 노리고 꺼낸 것인지 내게는 전혀 상상이 되지 않았다.

"하나 더 있어. 자네에게 먹게 해 주려고 했던 단단한 두부 개량이 끝났어. 맛도 단단함도 세 배가 늘었지! 맛을 보게 하려고 부하에게 먹여 보았더니 이가 빠졌더군. 자네도 먹을 때는 조심하는 게 좋아!"

"그렇게 단단한 건가." 하고 나는 말했다. "그렇다면 그건 어떻게 먹으면 되지?"

"실은 나도 모른다네!" 그렇게 말하고 청년은 웃었다. 마음 속 깊이 기쁜 듯이.

청년이 웃자 조금 전까지와는 인상이 완전히 달라 보였다. 소년이라 해도 통할 만큼 어려 보인다.

길을 잃었던 소년이 자기 집을 겨우 찾았을 때 같은 웃음이었다.

"그래, 중요한 이야기를 잊어버릴 뻔했군. ……오다 사쿠, 들었어. 소설 신인상을 통과했다지?"

이번에는 나도 간담이 서늘해졌다. "도대체 어디서 그런 정보를 손에 넣은 거지?"

"내가 조사하지 못하는 건 없어." 청년은 수수께끼 같은 미소를 지었다.

나는 머리를 긁으며 말했다.

"그 정보는 조금 달라. 소설 연습을 위해서 휘갈긴 낙서가 우연히 어떤 출판사 사람의 눈에 들었어. 그래서 제대로 된 소설 한 권을 집필하지 않겠냐는 권유를 받았지. 하지만 솔직히 말해서 전혀 자신이 없어."

"왜지?"

"쓰고 싶은 이야기는 하나밖에 없어. 그건 이 안에 들어 있지." 나는 자신의 머리를 손가락으로 두드려 보였다. "하지만 내게는 그것을 현실 세계에 비추어내기 위해 필요한 도구도 기술도 없어. 작은 피켈 하나만 들고 세계 최고봉인 영산을 앞에 두고 어찌할 바를 모르는 등산가 같은 기분이야."

"자네는 이미 도구를 가지고 있어." 청년은 맑은 눈으로 말했다. "자네가 쓰지 못하면 이 세상 누구도 쓰지 못해. 그건 내가 보증하지. 자신을 가져도 돼."

"고마워. 하지만 조금 전에 처음 만난 사람이 보증해 줘도 설득력이 없어."

머릿속에 떠오른 생각을 솔직하게 입에 냈을 뿐이었다.

청년의 유리잔이 달그락 하고 울렸다. 쳐다보니 청년은 유리잔을 든 채 굳어 있었다. 글라스를 든 손도, 소년 같은 표정도, 호흡마저도 얼어붙은 듯 정지해 있었다.

한순간 말도 안 되는 상상을 했다. ——눈앞의 청년이 울음을 터뜨릴 것만 같은 기분이 든 것이다. 그러나 그럴 리가 없다. 이치가 맞지 않는 상상이다.

그리고 생각대로 청년은 곧바로 원래 표정으로 돌아가, "그 말대로군." 하고 끄덕였다. "내가 어떻게 됐었나 봐. 잊어 주게."

청년의 얼굴에서 조금 전의 소년 같은 모습은 사라져 있었다.

잠시 생각한 뒤 나는 본제를 꺼내기로 했다.

"내 부하가 위기에 처했어."라고 나는 말했다. "이미 대략적인 이야기는 들었을 거라 생각하는데, 마피아 본부 빌딩에서 조금 성가신 일을 일으키고 있어. 죽지 않고 사지 멀쩡하게 나올 수 있다면 그것만으로도 기적이지. 하지만 살아 돌아와도 마피아에게 끊임없이 목숨을 위협받게 될 거야. 그걸 막기 위해서 나는 여기 있어. 당신과 무언가 유익한 거래를 할 수 있기를 기대하고서."

청년은 나를 빤히 바라보고 있었다. 천 년 뒤의 미래로부터 보내는 것 같은 시선이었다.

그리고 나직하게 낮은 목소리로 말했다.

"아쿠타가와는 좋은 선배를 만난 것 같군."

"뭐라고?"

"아쿠타가와에 대해서는 아무 걱정할 필요 없어. 내일 이후 마피아가 그를 노리고 다치게 하는 일은 일절 없을 거라고 약속하지. 예외도 보류사항도 없는 완전한 평화다. …… 아니, 처음부터 그렇게 할 생각이었어. 만약 그가 살아서 건물을 나갈 수 있다면 말이지."

나는 움직이지 않고 청년을 빤히 보았다.

처음부터 그렇게 할 생각이었다고 그는 말했다. 그 말을 듣자 나에게 어떤 생각이 피어올랐다. 꽤나 엉뚱한 생각이다. 하지만 모든 것이 앞뒤가 맞는다.

그래서 나는 당돌한 도박에 한번 걸어보기로 했다. "무엇 때문에 아쿠타가와를 마피아 빌딩에 불러들인 거지, 다자이?"

그 말에 청년의 표정에 희미하게 금이 갔다. 단 한순간, 심장을 찔린 듯 놀란 기색이 청년의 얼굴을 스쳤다. 그러나 한 순간뿐이다. 금세 청년은 이천 년은 살아온 선인 같은 웃는 표정으로 돌아와 있었다.

"알아챈 거군." 하고 청년은 말했다.

"찍어서 맞힌 거야." 나는 고개를 저었다. "하지만 나름대로 근거는 있어. 너는 아쿠타가와의 이름을 알고 있었어. 아쿠타가와에 관한 거래라는 건 아직 말하지 않았을 텐데도. 게다가 처음부터 아쿠타가와에게 보복할 마음은 없었다고 너는 말했어. 즉 너는 아쿠타가와가 마피아 빌딩에 침입할 것을 미리 알고 있었다는 거다. 그런 예측을 할 수 있는 것은 한 사람뿐. 탐정사에 편지와 사진을 보낸 마피아의 보스다."

나는 유리잔을 테이블에 놓았다.

그리고 그 옆에 품속에서 꺼낸 그것을 나란히 놓았다.

다자이의 시선이 그것에 기울어졌다.

"……그건 뭐지?"

권총이었다.

총구가 다자이를 겨누고 있다.

"교섭의 끝을 고하는 물건이다." 나는 담담한 목소리로 말했다. "대포를 겨누고 있어도 불안한 상대지만, 공교롭게도 가진 물건이 이것밖에 없군."

낡았지만 빈틈없이 손질된 총이다. 짝꿍이라고 할 수 있을 만큼 오랫동안 애용했다. 이 총이라면 눈을 감고 쏘아도 표적에 명중한다.

그 총은 청년의 마음에 들지 않는 모양이었다. 청년은 무언가를 억누르는 듯한 얼굴로 권총을 보았다.

"총을 치워 주게."

"안 될 소리지. 상대가 안 좋아." 나는 총의 방아쇠에 가볍게 손가락을 걸고 말했다. "이 도시의 밤의 화신, 포트 마피아 보스가 상대이니 말이야. 이 회합 자체가 마피아의 함정일지도 모른다면 더욱 그렇다."

"되고 싶어서 보스가 된 게 아니야." 청년의 시선이 나를 꿰뚫었다. "정말이야."

그 눈이 너무나도 진지했기 때문에 나는 반사적으로 그 말을 믿을 뻔했다. 하지만 그 전설로 이름 높은 포트 마피아 보스라면 나 같은 삼류 탐정을 속이는 것은 숨쉬기보다 쉬울 터이다. 나는 총을 고쳐 쥐었다.

"아무래도 아쿠타가와를 구하려면 다른 수를 짜내야 할 것 같군." 나는 말했다. "내가 살아서 이 가게를 나갈 수 있을 때의 이야기지만."

"자네를 함정에 빠뜨릴 생각은 하지도 않았어." 하고 청년은 말했다.

이것도 진심으로 말하는 것처럼 들렸다. 이거 참, 이렇게 되면 내 눈은 조금도 도움이 안 된다. 자신의 눈을 찌부러뜨리고 나서 교섭하는 편이 더 살아남을 가망이 있을 것 같다.

"오다 사쿠. 왜 아쿠타가와를 마피아에 불러들였느냐고 물었지." 라고 말했다. "그건 이 세계를 지키기 위해서다."

"이 세계?"

"이 세계는 무수한 세계 중 하나에 지나지 않아." 그렇게 말하고 호소하는 듯한 눈으로 나를 보았다. "그리고 다른——

원래 세계에서 나와 자네는 친구 사이였어. 이 술집에서 술을 마시고, 시시한 대화를 하며 지냈지."

나는 그 가능성에 대해 생각해 보았다. "만약 그렇다고 해도." 나는 말했다. "네가 이번에 아쿠타가와에게 한 짓이 사라지는 건 아니야."

청년은 무언가 말하려 했지만 잘되지 않는지 말문이 막히면서도 간신히 말했다. "오다 사쿠, 들어 주게, 나는."

"나를 오다 사쿠라고 부르지 마라." 스스로도 의외일 만큼 날카로운 목소리가 나왔다. "적에게 그런 식으로 불릴 이유는 없어."

청년은 갑자기 호흡이 잘되지 않는 것 같았다.

표정이 일그러지고 시선이 공중에 의미 없는 도형을 그렸다.

입이 열렸다가 닫혔다. 눈에 보이지 않는 무언가와 싸우고 있는 것이다.

"힘들었어." 청년은 불쑥 말했다. "정말로 힘들었다고. 자네가 없는 조직에서 미믹과 싸우고, 어쩔 수 없이 모리 씨의 뒤를 잇고, 모든 것을 적으로 돌리고 조직을 키웠어. 모든 것은 이 세계의——."

다자이의 말은 헐떡이는 듯한 한숨과 함께 공중으로 사라졌다. 감정의 잔재가 공중에 떠돌았다.

잠시 동안 누구도 아무 말도 하지 않았다.

침묵이 내려앉았다. 가게의 음악이 슬픈 선율의 피아노곡에 맞추어 다정하게 이별의 곡을 연주하고 있었다.

"자네를 여기로 초대한 것은 마지막으로 작별 인사를 하기 위해서야." 상당한 시간이 지난 후 청년은 말했다. "작별 인사를 해야 할 상대가 있는 인생은 좋은 인생이야. 작별 인사를 하기가 마음속 깊이 괴로워지는 상대라면 더할 나위 없지. 안 그런가?"

나는 잠시 생각하고 나서 그 말대로라고 대답했다.

다자이는 아주 조금 안도한 표정을 짓고 자리에서 일어섰다.

"이제 가겠어." 다자이는 조용히 총구를 보고, 그러고 나서 나를 보았다. "쏘고 싶으면 쏘아도 좋아. 하지만 혹시 사치를 부려도 된다면 한 가지 부탁하고 싶네. 이 가게에서만큼은 총을 사용하지 말아 주게. 이곳 이외의 장소라면 어디서 쏘든 상관없으니."

나는 다자이를 보았다.

스스로도 왜인지 알 수 없지만 그 부탁을 들어줄 마음이 생겼다. 나는 총을 품속에 도로 넣었다.

"고맙네." 다자이는 조금 미소 짓고, 등을 돌리고 걸어갔다. "잘 있게, 오다 사쿠."

다자이는 다시는 돌아보지 않고 가게 계단을 올라가, 이윽고 시야에서 사라졌다.

문을 닫는 소리가 조용히 가게 안에 울렸다.

공중을, 아쿠타가와와 호랑이가 낙하한다.

"칫——."

공중의 아쿠타가와는 라쇼몽의 천을 전개했다. 높이는 지상 30층. 제대로 떨어지면 어떤 강인한 육체라도 버틸 수 없다. 빌딩 벽면에 칼을 찔러 넣어 체중을 받칠 수밖에 없다.

그러나 상당한 기세로 튕겨져 나왔기 때문에 벽까지의 거리는 몇 미터나 떨어져 있다. 아쿠타가와는 모든 칼을 벽을 향해 펼쳤다.

비상한 천의 끝부분이 외벽에 닿으려 한다. ——조금만 더.

그때 외벽을 찬 호랑이의 몸통 박치기가 꽂혔다.

"커헉……!"

아쿠타가와가 피를 토한다. 온몸의 뼈가 삐걱거린다. 열 배 가까운 체중이 실린 백호의 몸통 박치기를 받고 아쿠타가와의 몸이 벽에서 더욱 멀어졌다. 이미 건물은 아득히 멀다.

전후좌우, 어디를 둘러보아도 손잡을 곳 하나 없는 완전한 하늘 한가운데다.

시각은 저녁. 불타는 듯한 저녁 어스름의 하늘을 아쿠타가와가 떨어져 간다.

라쇼몽은 강력한 이능력이지만 자신의 의복을 변형시키는 이상 아무래도 사정거리라는 제약이 발생한다. 모든 이능력을 쏟아부어 천을 뻗어도 닿을지는 알 수 없다. 그러나 해볼 수밖에 없다.

그렇게 하려 했다. 하지만 호랑이가 허락하지 않았다.

호랑이의 이빨이 아쿠타가와의 어깨를 위아래로 꿰뚫었다.

"끄아아아아악!"

거대한 턱이 어깻죽지를 물어뜯는다. 피보라가 튄다. 호랑이의 털 속에서 뼈가 부서지는 소리가 난다.

골절. 중요한 혈관의 손상.

여기서 호랑이가 가볍게 힘을 주어 머리를 흔들면 어깨는 쉽게 뜯기고 말 것이다. 아쿠타가와는 이능력의 천을 어깨의 피부 아래에 끼워 넣어 즉석 갑옷으로 삼았다. 초월적인 호랑이의 턱 근육의 힘과 공간마저 찢는 아쿠타가와의 이능력이 길항하여 삐그덕거린다.

그동안에도 두 사람의 몸은 자유낙하를 계속하고 있다. 고도는 이미 20층을 밑돌았다.

"제길……!"

아쿠타가와는 욕지거리를 뱉었다. 이대로 지면에 격돌해도 호랑이는—— 아쓰시는 살아남을 것이다. 강인한 신체와 범상치 않은 재생능력이 있기 때문이다. 그러나 자신은 확실하게 죽는다.

공간 단절을 사용하면 지면과 격돌하는 충격 자체는 차단할 수 있다. 하지만 그래도 고속으로 낙하하고 있는 자신의 몸이 추락 순간 급정지한다는 사실은 달라지지 않는다. 그만한 속도 변화가 한순간에 몸에 가해지면 뇌와 내장은 부하를 견디지 못하고 찌부러질 것이다. 튼튼한 상자에 든 양과자라도 바닥에 떨어지면 부서지는 것과 같은 원리다.

그렇다면 그 전에 벽면에 천을 뻗을 것인가. 그것도 무리다. 한순간이라도 방어를 풀면 어깨가 뜯겨나간다. 그렇게 되면 떨어지기 전에 죽는다.

결론.

죽는 것 외의 결말은 없다.

"……그리 둘까보냐." 아쿠타가와가 피거품 섞인 목소리로 울부짖었다. "그리 둘까보냐, 그리 둘까보냐, 그리 둘까보냐! 나는 죽지 않는다! 나는 살아서 여동생을——."

——당신 곁에 나타나지 않았던 건, 당신이 소중한 사람을 가져서는 안 되는 사람이라서야.

아쿠타가와의 목소리가 멎었다.

"나는, 여동생을——."

——너는 선한 쪽의 인간이 될 수 없어. 보면 알아.

"아니다."

——소녀를 인질로 잡아 협박하고, 자신의 욕망밖에 보지 않고, 목적도 어느새 파괴의 욕망으로 바뀌어. 그게 너야.

"아니다! 아니다, 아니다, 아니다!"

——복수라고? 그걸 위해서라면 죽어도 좋다고? 자네가 죽은 다음—— 남겨진 여동생이 이 도시에서 어떤 꼴을 당할지 상상도 안 되는 건가?

"그것은."

——왜냐하면 오빠는 악한 쪽으로 태어난 인간이니까.

아쿠타가와의 입에서 헐떡이는 듯한 중얼거림이 흘러나왔다.

"그것은……."

아아.
지금 겨우 알았다.
긴이 말했던 것은, 그런 뜻이었던 거다.
나의 곁으로 돌아오지 않는다는 것은, 그런 뜻이었던 거다.

아쿠타가와의 표정에서 딱딱함이 사라졌다.
호랑이의 털을 붙잡은 손가락에서 힘이 빠졌다.
한 명과 한 마리는 계속 낙하한다.
나락을 향해.

고요를, 바람을 가르는 한 줄기의 소리가 꿰뚫었다.
건축용 철골이 아쿠타가와의 바로 옆을 스치고 날아가 마피아 빌딩에 꽂혔다.
"앗."
경악한 아쿠타가와가 철골을 본다.
아무 색다른 점도 없는 철골이다. 그러나 잘못 본 게 아니라면 그 철골은 건물 반대편, 거리 쪽에서 날아왔다. 그런 것이 날아올 만한 것은 반대편에는 아무것도——.
——아니다.
길 몇 개를 끼고 건너편에 건설 중인 고층 건축물. 그중간층에 누군가가 있었다.

철골을 겨드랑이에 끼고.

"이걸! 붙잡아! 주세요―!"

큰 목소리로 외치는 인물은── 탐정사의 미야자와 겐지다.

겐지는 철골을 들어 올려 투창 선수처럼 어깨에 올렸다. 그대로 도움닫기를 한다.

"설마." 아쿠타가와는 눈을 부릅떴다. "저 거리에서?"

"우오오오오옷!"

겐지가 철골을 투척했다.

어른 키의 두 배는 될 듯한 철골이 허공을 가르고 길 건너편에서 날아왔다.

철골이 포탄 같은 궤도를 그리며 아쿠타가와의 바로 발밑을 지나 마피아 빌딩 외벽에 꽂혔다. 벽이 부서지고 건물 전체가 진동한다.

이거라면── 닿는다.

아쿠타가와는 몽롱한 의식을 집중해 그 철골을 향해 천을 뻗었다.

가진 천을 총동원하자 철골 끝부분에 겨우 닿았다. 천을 갈고리처럼 굽히고 걸어서 고정한다.

아쿠타가와의 몸에 횡으로 힘이 가해졌다. 이능력의 천에 당겨져 벽면으로 접근한다.

호랑이가 울부짖었다. 아쿠타가와를 놓치지 않겠다는 듯이 이번에는 목덜미를 노리고 턱을 벌린다.

가시나무
"라쇼몽── 이바라(棘)."

방어에 사용되고 있던 아쿠타가와의 이능력 천이 호랑이의 입속에서 무수한 가시로 변화한다. 폭발적으로 성장해 턱 안쪽에서부터 얼굴을 꿰뚫었다. 무방비한 입속이 꿰뚫린 호랑이는 비명을 지르며 입을 벌린다.

아쿠타가와가 철골을 붙잡고 추처럼 이동하여 벽면에 옆으로 착지했다. 천을 완충재처럼 사용해 충격을 죽이면서 칼날로 벽을 찔러 자신의 몸을 고정한다.

절체절명의 위기를 간발의 차로 피한 아쿠타가와가 작게 한숨을 내쉬었다.

호랑이가 이대로 떨어지면 상당한 시간을 벌 수 있다. 여동생을 데리고 건물을 탈출할 정도의 시간은 있을 것이다.

아쿠타가와는 고개를 돌려 호랑이의 모습을 확인했다.

호랑이는 없었다. 공중 어디에도.

"아닛."

다음 순간, 아쿠타가와의 몸이 왔던 방향으로 강하게 당겨졌다.

벽에 칼날을 찔러 버티면서 돌아보자, 아쿠타가와의 천 한쪽 끝을 사람 그림자가 붙잡고 있었다.

"놓치지 않겠어." 아쓰시였다. 호랑이에서 인간의 모습으로 돌아와 아쿠타가와의 공격을 역으로 붙잡은 것이다. "놓치지 않겠어, 아쿠타가와. 너만은."

천이 강하게 당겨졌다.

아쓰시의 체중이 아쿠타가와의 온몸에 걸리지만 아쿠타가

와는 버티는 것 외에는 아무것도 할 수 없다.

아쓰시도 진자 운동을 하면서 벽면에 착지했다. 손발가락을 호랑이의 발톱으로 바꾸어 박아 넣고 자신의 몸을 고정한다.

마피아 본부 빌딩 벽면에서 두 사람의 이능력자가 대치하고 있었다.

네발짐승처럼 팔다리를 빌딩 벽에 붙인 아쓰시.

외투의 칼을 벽에 찔러 넣고 비스듬하게 서 있는 아쿠타가와.

"너를, 1초라도, 살려둘, 수 없어." 아쓰시가 아쿠타가와를 노려보았다. 그 눈에는 두려움이 깃들어 있다. "원장님과의 약속을 지켜야만 하니까."

절단된 아쓰시의 팔은 어느새 재생되어 원래의 상처 없는 상태로 돌아가 있다. 호랑이의 재생능력이 야기하는 초 재생이었다.

"그만큼 찔렀는데도, 다시 상처 없는 상태로, 돌아가는가." 아쿠타가와는 어깨를 누르며 거친 숨을 내쉬었다. "이것이, 포트 마피아의, 하얀 사신……."

호랑이의 이빨에 꿰뚫린 어깻죽지의 상처는 이능력의 천으로 응급처치를 해 두었다. 하지만 흘린 피가 돌아오는 것도, 뼈가 원래대로 되는 것도 아니다.

아쿠타가와의 몸 자체는 연약한 일반인에 지나지 않는다. 무한한 재생능력을 지닌 아쓰시와 이대로 계속 싸우면 상처의 출혈 때문에 집중력을 잃고 결국은 죽는다.

——강하다.

아쓰시의 강함에는 든든한 토대가 있다. 강인한 이능력, 그리고 4년 반 동안 단련하고 경험을 쌓아 온 경력, 그리고 무엇보다 싸울 동기가 있다. 그것은 저주나 마찬가지인 과거가 부르는 소리. 후회라는 강심제.

그것이 자신에게는 있는가?

여동생을 구하고 싶다. 그랬을 터였다. 그 맹세는 올바르고, 강하고, 어떤 견고한 요새라도 맹세의 의지만으로 꿰뚫어 무너뜨릴 수 있을 터였다.

그러나.

"호랑이여, 네놈은 적이다. 나는 네놈을 죽이고 싶다." 아쿠타가와는 고통스러운 표정을 지으며 말했다. "허나, 눈앞의 적을 갈가리 찢어 버리는 것밖에 생각이 미치지 않는 이 본성이, 여동생이 말하는 '악' 때문이라면—— 나는 어찌하면 좋은가? 자기 자신을, 어찌하면 좋은가?"

——자신이라는 짐승을 좇지 마라.

오다 선배는 그렇게 말했다.

그는 알고 있었던 것이다. 자신 안에는 거대한 짐승이 살고 있다는 것을. 4년 반 전의 그날, '마음 없는 개'가 처음으로 감정을 얻었을 때 생겨난 사악한 짐승이 있다는 것을. 그것이 여동생을 외면케 하고, 자신을 사지로 이끌고, 모든 것을 무너뜨렸다.

그래서 '검은 옷의 남자'는 자신을 데려가지 않았다.

"우오오오오아아아아악!"

아쿠타가와는 울부짖으며 앞으로 달렸다.

그에 응하듯 아쓰시가 벽을 찬다.

아쿠타가와가 옷의 칼을 구두바닥에 집중시켜 벽을 수직으로 달리면서 돌진한다. 짐승의 다리로 질주해 달려드는 아쓰시와 중앙에서 격돌.

아쿠타가와의 옷자락이 변화했다.

"라쇼몽—— 은랑교(銀狼咬)!"

팔꿈치 아래가 거대한 늑대의 머리가 되어 휘두르는 주먹과 함께 쏘아졌다. 아쓰시는 순식간에 두 팔을 들어 방어했지만 늑대가 그 팔을 한꺼번에 위아래의 턱으로 물어뜯는다. 은빛 이빨이 팔을 관통한다.

"커억." 아쓰시가 고통의 신음을 흘렸다.

은빛 늑대가 굼실거리며 거대화해 간다.

계속 싸우면 과다출혈로 죽고 마는 아쿠타가와가 이길 가망이 있는 수단은 단 하나. 상대에게 유리한 근거리에 일부러 뛰어들어서 이능력을 전부 쏟아부어 단기 결전으로 가져간다. 그것밖에 없다.

"크윽……!"

"이익……!"

이능력을 한계를 넘어 사용한 탓에 지혈이 느슨해져 아쿠타가와의 온몸에서 피가 흐른다. 그래도 공격하는 힘을 늦추지 않는다. 늑대가 거대화하고 이빨이 더욱 늘어난다.

늑대의 턱이 삐걱 하고 울렸다.

"아니."

늑대의 입이 벌어진다. 안쪽에서 아쓰시가 두 팔로 비틀어 열려고 하고 있는 것이다.

"방해하지 마라." 아쓰시의 안구에 노란 빛이 깃들어 형형히 빛난다. "방해하지 마라, 나는, 원장 선생님과의 약속을, 지킨, 다아아아, 아아아아아!!"

아쓰시가 팔을 휘둘렀다.

늑대의 턱이 부서지고 이능력이 안개처럼 스러졌다.

"바보 같은——!"

"방해하지 마라아아아아!"

지근거리에서 꽂아 넣는 아쓰시의 오른 주먹.

——공간 단절, 아니, 늦는다!

아쓰시의 주먹이 삼중으로 전개한 옷의 완충재를 뚫고 아쿠타가와를 날려버렸다.

수직으로 위로 날려간 아쿠타가와의 몸이 빌딩 콘크리트를 부수고 유리조각을 흩뿌리며 상승한다.

충격에 의식을 잃고, 벽에 내동댕이쳐진 격통에 의식을 되찾고, 다시 벽을 깎아내며 상승하는 아픔에 의식을 잃고, 또 다시 아픔에 의식을 되찾는다.

단숨에 10층 가까이 날려간 아쿠타가와는 사라져 가는 시야 끝에 그 모습을 포착했다.

아쓰시가 사냥감을 쫓아 빌딩 벽을 수직으로 달려 올라오는 모습을.

하얀 사신이 포효한다.

"너를, 쓰러뜨린다아아아아아아!"

아쓰시가 주먹을 크게 들어 올린다.

엄청난 충격의 주먹이 떨어져 내리기 직전—— 아쿠타가와의 옷이 반응했다.

벽에 칼날을 꽂아 넣고 그 반동으로 아쿠타가와의 몸을 벽에서 멀리 떨어뜨린다.

아쿠타가와를 부수려던 아쓰시의 주먹이 벽에 충돌하고 벽재가 무수한 조각이 되어 날아갔다.

"나는, 약속을 지킨다!" 아쓰시가 외친다. "지키는 한, 그 사람은, 죽지 않아아아아!"

쥐어짜는 듯한 아쓰시의 절규가 공기를 진동시킨다.

그 외침에 천에 떠받쳐져 공중에 떠 있던 아쿠타가와가 희미하게 눈을 떴다.

"라쇼몽——" 거의 눈을 감은 채, 팔을 들고 속삭이는 듯한 목소리로 말했다. "——키리사메(霧雨)[안개비]."

아쿠타가와의 온몸에서 실처럼 가는 칼이 무수히 쏘아져 나온다.

가늘어도 공간을 찢는 강도를 지닌 미세한 바늘이 무리지어 아쓰시를 덮친다. 엄청난 반응속도로 피하는 아쓰시의 발밑을 바늘의 소나기가 꿰뚫는다. 마치 수면이라도 두드리는 것처럼 벽재가 파괴된다.

아쓰시가 바늘의 비를 꺼려 위쪽으로 피한다. 이능력의 실로 체중을 받친 아쿠타가와가 공중을 부유하듯이 아쓰시를 쫓아온다. 그 눈은 거의 감기고 잠든 듯한 표정을 짓고 있다.

두 사람의 몸이 마침내 빌딩 정상에 도달했다.

옥상은 평평한 헬리콥터 발착장이었다. 헬리콥터는 없다. 있는 것이라고는 붉은 유도등과 착륙 유도 마크밖에 없는 완전한 평면이었다.

아쓰시가 옥상 끄트머리를 붙잡고 빙글 돌아 옥상에 도착한다.

그를 쫓아 아쿠타가와가 밑에서 모습을 드러냈다.

무수한 실을 빌딩에 꽂아 넣어 우아하게 떠 있다. 표정은 잠든 것 같은 무표정. 몸 주위에 이능력의 실이 이형의 갈기처럼 꿈틀대고 있다.

그 등에는 가라앉기 시작한 작열하는 석양의 붉은 빛.

붉은 하늘을 등지고 나타난 아쿠타가와는 마치 이 세상의 종말을 고하기 위해 나타난 마왕 같았다.

"아쿠타가와……." 아쓰시가 마왕을 노려본다. "너를 죽이겠어!"

아쓰시가 뛰어올랐다.

공중의 아쿠타가와를 향해 비스듬히 직선으로 상승한다. 신속(神速)의 오른 주먹이 아쿠타가와의 얼굴을 노리고 꽂힌다.

아쓰시의 주먹은 얼굴이 부서지기 직전 아슬아슬하게 공간 단절에 막혔다.

만물을 차단하는 공간 그 자체의 절단면. 어떤 공격도 그 단절을 넘을 수는 없다.

그러나.

"오오오오오오오아아아!"

단절면에—— 금이 갔다.

아쓰시의 온몸의 근육이 부풀어 오른다. 주먹에 이능력의 힘을 집중하여 단절이라는 이능력 현상 그 자체를 깨부수려 쇄도한다.

"우우오오오아아아아——!"

힘과 힘이 격돌하는 압력에 두 사람의 옷이 나부낀다. 아쓰시의 외투가 날아가고 안에서 무전기가 굴러 떨어졌다.

금이 넓어진다. 단절이 부서져 간다.

"오오오오오오……, 오, 아니…… 이, 건……."

아쓰시는 그때 믿을 수 없는 것을 보았다.

바로 가까이 다가온 아쿠타가와는 완전히 눈을 감고 있다. 호흡은 매우 가쁘고 온몸의 힘이 빠져 있다. 전투의 긴장 따위는 어디에도 없다.

아쿠타가와는 이미 기절해 있었다.

한계를 넘어선 전투로 힘을 잃고, 잔재로 남은 전투의 의지만이 이능력을 가동시키고 있는 것이다.

"너, 그 정도, 까지……."

아쓰시가 경악으로 눈을 부릅뜬다.

그러나 다음 순간, 눈동자에 다시 투지의 불꽃이 타오른다.

"그렇다면, 이제…… 끝을 내 주마!" 아쓰시의 근육이 더욱 꿈틀거린다. "우오오오오오아아!"

찢어지는 목소리와 섬광이 분출하고—— 공간 단절이 깨졌다.

마침내 주먹이 얼굴을 후려친다.

운석 낙하 같은 충격파와 함께 아쿠타가와는 날아갔다.

바닥에 격돌해 바닥재를 흩날리면서 구른다. 옥상 가장자리까지 굴러가 겨우 멈추었다.

완전한 일격이었다. 지금까지 한 어떤 공격보다도 아쿠타가와에게 가한 대미지가 컸다.

아쓰시가 조용히 아쿠타가와에게 걸어갔다.

쓰러진 아쿠타가와에게 의식은 없다. 자율 방어하던 이능력도 이미 한계를 넘어, 칼을 형성하려고 꿈틀거리다 힘이 모자라 무너지기를 반복하고 있다.

"마지막이다."

아쓰시가 자신의 손가락에서 호랑이의 발톱을 뻗어낸다.

쓰러진 아쿠타가와 바로 옆에는 머나먼 지상까지 이어지는 허공.

정신을 잃은 아쿠타가와의 얼굴에 이미 험악함은 없다.

그의 귀에 들리는 것은 그저 하늘 위를 빠져나가는 바람 소리뿐.

"구니키다 씨—! 하나 더 던져도 돼요?"

"기다려라, 겐지! 아쿠타가와의 위치가 너무 높다! 여기서는 아무리 잘 조준해도 아쿠타가와에게 맞을 거다!"

마피아 본부 빌딩의 맞은편, 건설 중인 건물 중간층에서 겐지와 구니키다가 외치고 있었다.

구니키다가 쌍안경으로 아쿠타가와와 아쓰시의 위치를 확인하고 있다. 겐지는 철골을 짊어지고 다음 지시를 기다리고 있다.

"제길…… 아쿠타가와가 움직이지 않아! 하지만 이만큼이나 거리가 멀어선 원호할 방법이……."

구니키다와 겐지는 사장의 칙령을 받고 아쿠타가와를 원호하기 위해 여기에 와 있었다.

그러나 조금 전처럼 철골을 투척해 원호하려 해도, 옥상에 있는 아쿠타가와와 아쓰시에게 정확하게 원호를 하기는 불가능하다.

구니키다가 어금니를 꽉 깨물고 신음했다.

"뭔가…… 방법이 없는 건가……!"

아쿠타가와는 눈을 감고 있었다.

아픔도 괴로움도 없었다.

전투는 두꺼운 막으로 격리된 저편의 머나먼 어딘가의 일이며, 의식의 어둠 속에는 작게 일렁이는 빛 하나 들어오지 않았다.

아쿠타가와는 생각한다. 자신은 곧 죽는다. 그러나 아무것도 느껴지지 않는다. 아무것도 생각하지 않는다.

아쿠타가와는 일찍이 오다에게 말했다. 자신에게는 죽이고 싶은 인간이 두 명 있다고.

한 명은 검은 옷의 남자.

여동생을 유괴하고 오랫동안 떨어뜨려 놓은 증오스러운 남자.

그리고 또 한 명.

그 남자의 이름은 아쿠타가와 류노스케.

짧은 생각으로 여동생을 잃게 한 남자. 동료의 원수를 갚겠다고 말하며 살육의 희열에 빠져 목숨을 헛되게 쓴 최악의 남자. 사악한 적이자 악.

4년 반 전의 그날 밤── 마음 없는 개에게 처음으로 감정이 싹튼 밤, 동시에 태어난 짐승.

아쿠타가와는 생각한다. 오다 선배가 말한 대로다. 자신이라는 짐승을 좇아서는 안 된다. 왜냐하면 이길 수 없기 때문이다. 자기 자신에게 이길 수 있는 인간은 존재하지 않는다.

그러나 무승부로 가져갈 수는 있다.

이대로 눈을 뜨지 않으면 호랑이의 발톱이 자신의 목을 떨어뜨릴 것이다.

그것으로 복수는 끝난다.

그리고 처음으로 미련 없이 잠들 수 있는 것이다.

밑바닥에서 자라, 아무도 의지해주지 않고, 아무도 돌아봐주지 않고, 절망과 원망 속에서 몸부림칠 수밖에 없었던 자신이.

마침내 구원받는다.

마침내 동료와 같은 곳으로 갈 수 있는 것이다.

그렇다면, 이제——.

그때 목소리가 들렸다.

〈탐정사 사원은 포기하지 않는다. 일어서라, 아쿠타가와.〉

눈을 뜨자, 눈앞에 무전기가 떨어져 있었다. 조금 전 전투에서 아쓰시의 품속에서 떨어진 무전기다.

거기서 목소리가 들린다.

〈철선총(와이어건)으로 마피아 빌딩 중간에 있는 경비실에 직접 돌입했다. 거기서 통신하고 있다.〉 음성 뒤편으로 겐지의 목소리, 파열음, 그리고 총성이 들린다. 〈일어서라 아쿠타가와. 모르겠다면 가르쳐 주마. 구해내야 할 누군가가 있을 때, 탐정사 사원은 이 세상 최강의 존재가 된다.〉

나는 탐정사 사원이 아니다.

그렇게 말하려 했지만 목소리가 나오지 않는다.

본질적으로 '악' 인 자신에게 탐정사 사원이 될 자격은 없다.

〈너는 악이 아니다.〉 아쿠타가와의 마음속을 꿰뚫어 본 듯이 구니키다가 말했다. 〈아직 아무것도 아닐 뿐이다. 선한

쪽에 서라, 우리와 함께. ——너를 정식으로 합격시킨다. 지금 이 순간부터 너는 탐정사 사원이다.〉

아쿠타가와가 눈을 크게 떴다.

눈앞에는 지금 당장 내리치려 하는 호랑이의 발톱이 있다.

희게 빛나는 예리한 호랑이의 발톱이 마치 한 송이 눈처럼 천천히 떨어지는 것이 보인다.

——탐정사 사원이라고 강하게 믿은 순간부터 너는 탐정사 사원인 거야. 그 사실이 너에게 반드시 힘을 줄 거야. 너는 그걸 믿기만 하면 돼.

"——오——오, 오오."

아쿠타가와가 눈을 크게 뜬다. 목 안에서 신음이 흘러나온다.

"우오오오오, 오오오오오오오아아아!"

온몸의 천이 폭발적으로 뻗어 나와 아쿠타가와의 오른팔에 감긴다.

일어나는 기세로 그 오른팔을 치켜든다.

내리치는 아쓰시의 주먹과.

치켜드는 아쿠타가와의 주먹이.

"라쇼몽—— 용천창(龍穿槍)!"

둘의 주먹이 격돌했다.

정면에서 충돌한 두 개의 힘의 격류가 상대를 깨부수려 공간을 마구 날뛴다.

충격으로 옥상 바닥이 벗겨져 부챗살 모양으로 날려간다.

"크허……억!" 이능력을 전력으로 펼쳤던 아쓰시가 신음한다. "설, 마……, 또……!?"

아쿠타가와의 주먹에 모인 옷의 칼날 다발이 더욱 팽창해 변화한다.

"라쇼몽——."

아쿠타가와의 주먹이 하얗게 빛난다. 상전이(相轉移)된 이 능력이 주변 공간의 물리 정수에 간섭하기 시작한 것이다.

방대한 충격파가 한 점에 집중된다.

"——**은절파도(銀絶波涛)**!!"

아쿠타가와가 주먹을 휘둘렀다.

동시에 은빛 옷의 격류가 아쓰시의 주먹을 뒤덮고 떠밀며 먹어치운다!

"우오오오오오아아아아아아아아앗!?"

아쓰시의 목걸이가 충격의 격류에 감싸여 산산조각 났다.

옥상이 은색 빛에 뒤덮였다.

진동이 건물을 타고 지진처럼 실내 비품을 흔들어 떨어뜨렸다.

대포에 맞은 것 같은 충격음과 빛줄기는 요코하마의 모든 곳에서 느낄 수 있을 정도로 무시무시했다.

충격이 가라앉고, 튀어간 잔해가 굴러다니기를 멈추었을 무렵.

먼지와 잔해에 뒤덮인 옥상에 움직이는 자는 없었다.

아쓰시는 쓰러져 있었다. 천의 칼날에 오른팔에서부터 온몸이 파괴되어 일어설 힘조차 남아있지 않다.

호랑이를 제어하던 목걸이가 파괴되어 재생능력이 극단적으로 저하되어 있었다. 맥박을 유지하는 것이 고작이다.

아쿠타가와는 가만히 서 있었다. 한계를 넘은 출혈과 신경이 타서 끊어질 정도의 이능력 연속 사용으로 겨우 서 있기만 한 상태였다. 그러나 정신을 잃지는 않았다.

상처투성이인 몸을 질질 끌면서 겨우 아쓰시 옆으로 걸어간다.

"죽……여." 아쓰시가 그르렁거리는 호흡 소리를 내면서 말했다. "이래서는 이제, 선생님과의 약속을, 지킬 수 없어……. 적어도, 이 목숨으로, 죗값을."

아쓰시의 표정이 아픔이 아닌 다른 감정으로 일그러졌다.

아쓰시에게 저항할 힘은 남아 있지 않다. 지금이라면 쉽게 목숨을 끊을 수 있다.

아쿠타가와는 아쓰시의 바로 옆에 서서 냉혹한 눈으로 아쓰시를 내려다보았다.

"그러지."

아쿠타가와의 구두 끝이 아쓰시의 목을 짓밟았다. 체중이 실린다.

"크, 허……억."

혈관과 기도가 압박당해 아쓰시의 얼굴이 고통에 일그러진다. 그러나 손을 들어 저항할 힘조차 남아 있지 않다.

이대로 계속 체중을 실으면 혈류차단과 산소결핍으로 쉽게 죽음에 이르리라.

"해요…… 원장 선생님." 아쓰시의 눈꼬리에서 작게 눈물이 흘러내렸다. "죄송해요, 원장 선생님…… 칭찬받을 수 있는, 학생이, 되지 못해서……."

"…………."

아쿠타가와가 말없이 그 표정을 내려다본다.

눈빛이 희미하게 흔들렸다.

"관두겠다."

아쿠타가와가 발을 뗀다.

아쓰시가 기침을 하면서 당황한 표정으로 아쿠타가와를 보았다.

"어, 째서……."

"탐정사 업무에 죽고 싶어 하는 자를 돕는 일은 없다."

그렇게 말하고 아쿠타가와는 비틀거리며 출구로 걸어가기 시작했다.

아쓰시가 그 모습을 시선만으로 좇는다.

"과거로부터 도주하고 자기 자신을 계속 두려워하는 것 또한 싸움이다. ……피를 토하라, 호랑이. 피를 토하며 나아가라. 도망치고, 겁먹은 끝에 네놈이 패해 땅에 엎드린다면, 나는 그것을 밟고 넘어 네놈을 비웃어주마. ……언젠가."

불현듯, 메마른 박수 소리가 들렸다.

"축하한다."

드문드문한 박수 소리가 옥상의 바람에 실려 울려 퍼진다.

아쿠타가와와 아쓰시는 그 목소리의 주인을 찾다── 곧 발견했다.

"축하한다, 축하해, 두 사람 다. 훌륭했다. 배 위의 싸움보다 나으면 나았지 못하지 않은 명승부였어."

검은 외투를 펄럭이는 키 큰 사람 그림자.

그곳만 공간이 도려내진 것처럼 이질적인 공기를 두른, 암흑사회의 지배자.

"다자이 씨."

"검은 옷의 남자……!"

포트 마피아 보스── 다자이 오사무가 조용한 발걸음으로 두 사람에게 걸어간다.

"4년 반, 원한을 품고, 분노를 계속 품었던 아쿠타가와가 승리했나." 바닥이 보이지 않는 미소를 띤 채 다자이는 걷는다. "하지만 내가 4년 반이나 단련시킨 아쓰시를 깨다니…… 아니면 이것이 탐정사가 지닌 힘인가. 정말이지, 체면이 말이 없군."

다자이는 아쓰시 옆으로 걸어왔다. 그리고 감정 없는 목소리로 말했다.

"아쓰시. 자네는 해고다."

아쓰시는 놀라 한순간 눈을 부릅떴다가, 곧바로 감았다.

"……네."

"그 대신 바깥 세계에서 살아라. 보살펴 줄 사람은 준비해 두었다. 빛의 세계로 가라. 교카와 함께."
"네……!?"
아쓰시가 목만 들어 올리며 놀란다.
"무슨 속셈인가, 검은 옷의 남자." 아쿠타가와가 비틀거리면서도 전투 자세를 취한다. "네놈은 오늘 나를 이곳으로 유도했지? 편지를 사용해, 긴을 미끼로 해서……. 허나 나를 죽이고 싶었던 것뿐이라면 더욱 쉬운 길이 있었을 터이다. 무엇을 노리는 것이냐? 오늘 이 싸움 뒤에, 네놈의 눈은 무엇을 보고 있느냐?"
"오늘의 싸움? 아니야, 아쿠타가와." 다자이는 계속 걸으며 말했다. "오늘이 아니야. 4년 반 전부터 계속이다. 자네에게서 여동생을 떼어놓은 그날부터, 모든 요소는 오늘 이 상황을 위해 설계되어 있었어. 아쓰시를 단련하는 것도, 마피아의 세력 확대도 전부."
"뭐, 라고……?"
아쿠타가와가 경악한다.
"'책'을 알고 있나?"
갑자기 다자이가 두 사람을 보고 물었다.
"일반적인 서적의 호칭이 아니야. 세계에 유일무이한 '책'. 쓴 내용이 현실이 된다는 백지의 문학서다."
"쓴 내용이…… 현실로……?"
다자이는 낭랑하게, 노래하듯이 고한다.
"그래. 하지만 쓴 내용이 현실이 된다고 해도 엄밀한 의미로는 달라. '책' 은 이 세계의 근원에 가까운 존재. 그 속에는 존재할 수 있는 무수한 가능성의 세계, 온갖 선택과 조건 변화에 의해 무한하게 분기한 세계의 가능성 전부가 차곡차곡 내재되어 있지. 그리고 '책' 의 페이지에 무언가가 적힌 순간 그 내용에 따른 세계가 '불려 나온다' . 책 속의 가능 세계와 현실 세계가 뒤바뀌는 거야."

아쿠타가와도 아쓰시도 반응조차 못한 채 입을 다물고 있다. 갑자기 선언당한 현상의 규모가 너무 커서 이해가 따라가지 못하는 것이다.

두 사람 다 확실히 이해할 수 있는 것은 지금으로서는 한 가지뿐.

"즉 '세계' 란, 책 바깥에 하나만 존재하는 물리 현실—— '책 밖의 세계' 와, 책 속에 차곡차곡 들어 있는 무수한 가능 세계, 즉 '책 속의 세계' . 이 무한개와 한 개를 가리키지. 그리고."

다자이는 강조하지도 역설하지도 않고, 극히 당연하다는 듯이 말했다.

"이 세계는 가능 세계. 즉 '책' 속에 무한히 있는 세계 중 하나에 지나지 않아."

아쓰시도 아쿠타가와도 마비된 것처럼 움직일 수 없었다.

다자이의 눈에 있는 것은 견고한 진지함과 지성의 빛.

거짓이 아니다.

두 사람 다 논리가 아니라 머릿속 깊은 곳에서 그 사실을 이해했다.

"그렇다 해도 현실은 현실. 이 세계도 '바깥'과 같은 강도를 가지고 있어. 그 증거로 이 세계에도 세계의 근원의 연결체인 '책'은 존재해. 다만 이쪽 세계의 '책'은 말하자면 배수구야. 책은 바깥 세계의 부름에 응해 이 세계 자체를 바꿔 쓰거나 파멸시키기도 하지. ……그리고 지금부터 머지않아 몇 개의 강대한 해외 조직이 '책'을 노리고 이 요코하마에 침공을 시작할 거다."

아쿠타가와가 본능적으로 물었다. "어떻게 알지?"

"알지. 나는 이능력 무효화 능력자야. 그리고 그 특성을 이용해서 특이점을 발생시켜 세계의 분단(分斷)을 강제로 접속시켰다. 그리고 '책' 바깥의 나 자신…… 즉 원래의 자신의 기억을 읽어 들이는 데 성공했으니까."

"뭐."

기억을 받아들였다고?

또 한 명의…… 원래의 자신에게서?

너무나도 엉뚱해서 머리가 따라가지 못한다.

"이제부터 길드, 쥐, 그 밖에도 강대한 조직이 '책'을 찾아 밀어닥칠 거다. 자네들은 그 적을 모두 제거하고 '책'을 지켜야 해. 그자들이 무언가를 써 넣으면 이 세계는 소멸하고, 덧씌워지고 말아."

"모르겠다." 아쿠타가와가 혼란스러운 목소리로 말했다. "만약 네놈의 이야기가 사실이라 해도…… 그것이 어째서 나에게서 여동생을 빼앗는 것으로 이어지는가? 전혀 의미를 알 수 없다."

"자네들 두 사람의 힘이 필요하기 때문이야." 다자이는 단언했다. "자네들 두 사람의 이능력이 합류할 때 일어나는 특이점, 그리고 영혼의 합류가 탄생시키는 힘을 넘어선 무언가가. …… 그러기 위해 한 번은 자네들을 싸우게 할 필요가 있었어. 죽음의 문턱 바로 앞에서 상대가 어떤 자인지 이해시킬 필요가."

다자이는 걸어가 빌딩 가장자리에 다다랐다. 가장자리에는 낙하를 막기 위한 울타리도 벽도 없다. 바로 너머는 허공. 떨어지면 지상까지 가로막는 것은 아무것도 없다.

"다자이 씨." 아쓰시가 떨리는 목소리로 말했다. "거기는 위험해요. 이쪽으로 돌아와 주세요."

"하나 충고하지. 지금 이야기한 내용은 누구에게도 말해서는 안 돼. 아는 것은 자네들 둘 뿐이다. 세 명 이상의 인간이 동시에 알게 되면 세계가 불안정해져서 '책'을 쓸 것도 없이 세계가 소멸될 가능성이 높아져. 그러니…… 맡기마."

다자이가 한 발 물러섰다. 뒤꿈치가 가장자리를 넘어가 허공에 걸친다.

"세 명 이상이라면……." 아쓰시는 머릿속으로 사람 숫자를 세고는 퍼뜩 놀라 다자이를 보았다. "다자이 씨, 기다려요, 설마 당신은."

"드디어 왔구나." 다자이는 등 뒤로 바람을 맞으며 느긋하게 미소 짓고 있다. "제5단계, 계획의 최종 단계인가. 몹시 신기한 기분이 들어. 고향으로 돌아가기 전날 같은 기분이야."

"검은 옷의 남자여." 아쿠타가와가 눈을 가늘게 뜨고 물었다. "한 가지 알려다오. 어째서 그렇게까지 하지? 어째서 이 세계의 소멸을 저지하는 데 그렇게까지 집착하는가."

"그렇군. ……분명히 나는 세계에 그렇게까지 관심이 있는 건 아니야. 소멸하든 말든 알 바 아니야. 다른 가능 세계의 나라면 분명 그렇게 말하겠지. 하지만 말이야."

다자이가 눈을 감고 그리운 듯한 웃음을 지었다.

"여기는 그가 살아서 소설을 쓰고 있는 유일한 세계다. 그런 세계를 사라지게 할 수는 없어."

바람이 손짓하듯 강하게 불었다.

다자이의 몸이 뒤로 기울어진다.

"아아, 아아, 아아." 다자이는 눈을 감고 꿈꾸는 듯한 웃음을 띠며 말했다. "드디어 여기까지 왔어. 기다리고 기다리던 순간이다. 기대돼, 정말로 기대돼. ……하지만 미련이 남는 것도 있어. 자네가 언젠가 완성할 그 소설을 읽을 수 없다는 것. 지금은 그것만이 조금 안타깝군."

다자이의 몸이 가장자리를 넘어갔다.

옥상에서부터 길고 긴 거리를 중력에 이끌려 떨어진다.

긴 거리를, 시간을 들여.

옥상에서는 충돌하는 소리가 들리지 않았다.

아쿠타가와가 비틀비틀 걸어가 옥상 끝에서 지상을 들여다보았다.

"……………."

바람이 강하게 불었다.

붉은 노을.

붉은 포석.

포트 마피아를 통솔하고 이 요코하마의 어둠을 지배했던 남자.

원대한 계획을 세우고 만인의 운명을 장악하여 조종했던 남자.

그의 낙일.

그는 원하던 곳으로 갔다.

끝없이 머나먼, 인간이 설 수 있는 곳에서 가장 먼 지점에 있었던 남자는 결국 생(生)을 넘어 누구도 손이 닿지 못할 저편에 도달하고 말았다.

그것이 정말로 가치 있는 일인지 아쿠타가와는 판단할 수 없었다.

그저 바람만이, 요코하마의 하늘을 스쳐가는 투명한 바람만이, 모든 것을 알고서 내려다보고 있었다.

#4

시간은 흘러간다.

시간은 흘러간다.

시간은 그저 흘러간다.

탐정사 사원 미야자와 겐지는 말했다. 밤이 오고, 아침이 온다고. 봄이 오고, 가을이 온다고. 모든 것은 반반씩이며, 흉조와 길조, 겉과 속, 선과 악, 그런 측면들을 합한 입체구조물이 바로 자연의 본질이라고…… 그 말대로다. 그렇지 않은 것은 이 세상에는 존재하지 않는다.

그것이 설사 책 속의 가능 세계라 해도.

“아하하하, 이거 좋군, 아쿠타가와. 자네의 이능력으로 만든 해먹!”

탐정사 사무실에서 란포가 유쾌하게 웃었다.

“란포 씨, 그렇다고 사무소 한가운데서 낮잠을 자는 건…….”

“상관없다. 고아 돌보기를 통해, 나도 나의 이능력을 놀이도구로 휘두르기 위한 비기를 얻었다. 지금이라면 란포 씨가

2분 만에 잠들 수 있는 최고의 진동수를 제공하지."
"아쿠타가와…… 탐정사에 오고 나서 전투랑 상관없는 스킬이 쑥쑥 늘고 있네……."
"그러하다. 보아라, 란포 씨가 벌써 잠들었다. 어린애를 어르는 일이라면 나에게 맡겨라."
"응…… 하지만 란포 씨는 어린애가 아닌걸……."

이제 갈 곳 없는 들개는 없다.
아쿠타가와는 업무 틈틈이 겐지의 밭일을 돕게 되었다. 두 사람이 얼굴을 마주할 때마다 "농약의 배합 비율이……." "네오니코티노이드계 농약은 생물군에 대한 영향이……." "그러하다, 그렇다면 피레스로이드 살충제로……." "하지만 그건 오히려……." 등등, 다른 사람에게는 전혀 이해가 안 되는 전문용어로 몇 시간이나 이야기에 몰두했다.
아쿠타가와는 그렇게 살아간다.
구니키다는 이미 아쿠타가와에게 서류 업무를 떠넘기는 것을 포기하고, 아쿠타가와를 '풍기위원 개칭 문서절단 대사'로 임명했다. 그리고 세절해서 폐기해야 하는 서류를 매일 아쿠타가와에게 넘겼다. 아쿠타가와는 평소보다 약간 기쁜 듯이 "갈가리 찢겠다!"고 외치며 서류를 갈기갈기 썰었다.
아쿠타가와는 그렇게 살아간다.

시간은 흘러간다.

그리고 사람은, 죽지 않는 한 살아갈 수밖에 없다.

포트 마피아의 하얀 사신이라 불린 소년은 의무실 침대 위에서 눈을 떴다.

"어머, 일어났어?"

흐릿한 눈으로 주위를 둘러본다. 아무것도 모르겠다. 지금이 언제고, 여기가 어디고, 자신이 왜 누워 있는지도.

알 수 있는 것은 팔에 꽂힌 영양 링거 튜브와 옆에 서 있는 처음 보는 여성뿐.

"정말이지, 죽을 거라면 좀 더 힘내서 잘할 것이지." 모르는 여성이 말했다. 백의 차림을 한 미녀다. 연령은 스무 살 전후일까. 선명한 금발에 푸른 눈의—— 아무래도 유럽 쪽의 피를 이은 여성 같다.

"나는…… 여기는 대체?" 아쓰시는 물었다.

"이것 봐, 너는 음식을 거부하고 아사 직전에 쓰러진 걸 우리 원장님이 보호한 거야." 금발벽안의 간호사는 고집 세 보이는 눈을 가늘게 뜨며 말했다. "몰라? 아사라는 건 말이야, 근성 없는 사람은 못 해. 어중간한 마음으로는 못 해. 너한테는 무리야."

"아사?"

분명히 아쓰시는 다자이의 죽음 후 뭘 하면 좋을지 몰라, 식사를 끊고 요코하마를 떠나 인가에서 떨어진 곳을 계속 헤매 다녔다. 이유는 스스로도 잘 모른다. 그저—— 그렇게 하지 않고는 견딜 수 없었다.

"너는 죽고 싶은 게 아니라 살고 싶지 않은 것뿐이야. 그 두 가지는 전혀 달라. 왜냐하면——."

"그쯤 해 두렴, 엘리스."

방 건너편—— 차광막에 가려진 그림자가 조용한 목소리로 말했다.

"뭐야, 린타로." 금발 미녀가 뾰로통해졌다.

"네가 한 말은 그도 잘 알고 있어." 그림자는 나무라듯이 말했다. 의자에 앉은 그림자는 아무래도 키 큰 남성 같았지만 천에 가려 검은 그림자밖에 보이지 않는다.

"소년. 여기가 어딘지 아느냐?"

그림자에게 질문을 받고 아쓰시는 방을 둘러보았다.

그리고 겨우 여기가 병원이 아니라는 것을 깨달았다.

기억에 있는 천장과 낡은 벽.

여기는 고아원 의무실이다.

심장이 벌떡 뛰었다. 도대체 어떻게 된 거지?

"나는 이곳의 새 원장이다." 아쓰시의 마음속을 꿰뚫어 본 듯 그림자가 말했다. "다자이 군의 마지막 부탁이라서 말이지. 죽음을 가장하고 은둔생활을 하던 내가 이곳을 경영하는 것. 자네를 이곳의 아이로서 다시 보살피는 것. ——그에게는 4년 전에 목숨을 빚진 적이 있으니. 거절할 수는 없었다."

다자이 씨의 마지막 부탁?

새 원장?

그럼── 여기는 아직 고아원으로 운영되고 있는 건가?

아쓰시는 다시 방 안을 둘러보았다.

다시 보니 그곳은 아쓰시가 알고 있던 무렵의 의무실과는 상당히 달라져 있었다.

창문의 쇠창살도, 환자를 묶어 놓는 벽의 사슬도 없어졌다. 대신 의료기구와 책장이 놓여 있었다. 벽에는 아이들이 그린 듯한 서투른 풍경화가 걸려 있었다.

천장의 창에서 내리쬐는 빛이 바닥에 따스한 사각형을 그리고 있었다.

밖에서 놀고 있는 아이들의 웃음소리가 들린다는 것을 아쓰시는 깨달았다.

그것은 들릴 리가 없는 목소리였다. 적어도 옛날의 고아원에서는.

"자네는 이 고아원의 원생으로 돌아간다. 적어도 독립할 수 있을 때까지 말이야. 다자이 군 나름대로 자신이 죽은 후의 자네를 걱정한 거겠지. 하지만── 그는 한 가지 오산을 했어." 남자는 분명하게 말했다. "나와 그의 교육방침은 다르다. 그러니 나는 내 방식으로 하겠어."

그림자가 그렇게 말하자 금발의 여성이 자신의 옷 속에서 손목시계를 꺼내 아쓰시의 무릎에 놓았다.

"이건……."

잘못 볼 리가 없다. 원장이 마지막에 남긴 선물인 손목시계.

"그 손목시계를 부숴라."

차가운 목소리로 남자의 그림자가 말했다.

아쓰시는 그림자와 손목시계를 번갈아 보았다. 심장이 경종처럼 격하게 뛰었다.

"못 해요." 아쓰시는 새파란 얼굴로 말했다. 할 수 있을 리가 없다.

왜냐하면, 이 손목시계는, 그 사람의 마지막——.

"해 줘야겠어. 부술 때까지 이 고아원을 나가는 것은 허락치 않는다." 새 원장이라고 말한 남자의 목소리는 차가웠다. "자네는 칭찬받을 수 있는 원생이 될 필요 따윈 없었다. 틀린 것은 전 원장 쪽이다. 그것을 스스로가 믿게끔 하고 앞으로 나아가기 위해서는, 스스로 그 손목시계를 부술 수밖에 없다."

"아니야."

아쓰시는 반사적으로 말했다.

"나는 앞으로 나아가고 싶지 않아. 나는 그저 시간을 되돌리고 싶을 뿐이야. 그날로, 그 원장실로. 그리고 다시 하고 싶을 뿐이야. 그 순간을, 원장님의 선물을——."

그 이상은 말이 되어 나오지 않았다.

남자는 한숨을 쉬고 일어서서 차광막을 걷었다. 그러자 남자의 모습이 보였다.

아쓰시는 놀랐다.

마피아에서 그 인물을 모르는 자는 없다.

"당신은——."

마피아 선대 보스, 모리 오가이.

4년 전에 죽었을 터인 위대한 전 보스. 다자이를 키운 남자.

"잘 들어라, 소년." 모리는 고요한 목소리로 말했다. "폭력에 기반한 권위 세우기. 공포에 의한 지배. 그것이 얼마나 효율적이고 범용성이 있는지는 이 내가 누구보다 잘 알고 있다. 그렇기에 단언한다. 그런 것을 교육에 사용해서는 안 된다. 어른으로서 최악의 만행이야. ――사실은 자네도 잘 알고 있을 것이다. 폭력을 당한 당사자니까. 그러나 이 손목시계의 저주가 자네의 눈을 흐리게 하고 있어."

그 눈은 진지했다.

한없이 타인을 걱정하는, 이성적인 어른의 눈이었다.

"…………."

아쓰시의 가슴속에서 여러 감정이 폭풍처럼 소용돌이쳤다.

무엇이 옳고, 무엇이 옳지 못한가. 누구를 믿고, 누구를 의심하면 되는가.

마피아에 있었을 때는 그런 습관은 없었다. 마피아에 필요한 것은 명령에 따르는 것이었으니까.

"하나만 가르쳐 주세요." 아쓰시는 떨리는 목소리로 말했다. "이유가 뭐죠? 왜 그렇게까지 해서 저를 바꾸려고 하는 겁니까?"

"뻔한 일이다." 모리는 어둑어둑한 음영이 깃든 목소리로 말했다. "눈앞에 죽고 싶어 하는 소년이 있다. 구하고 싶다 생각하면서도 구할 수 없는―― 그런 경험을 이제 다시는 하고 싶지 않기 때문이야."

무언가가—— 스스로도 설명할 수 없는 무언가가 아쓰시의 머릿속에 있는 스위치를 눌렀다.

"부수지 않겠어요." 아쓰시는 손 안의 손목시계를 두 손으로 감싸며 말했다. "이 손목시계는 제가 저라는 증거예요. 그 사람이 그렇게 말했어요. 하지만——."

——피를 토하라, 호랑이. 피를 토하며 나아가라.

옥상에서 들었던 아쿠타가와의 말이 되살아난다.

그때 아쿠타가와는 나를 죽이지 않았다. 왠지 아쓰시는 그 이유를 어렴풋이 알 수 있었다.

그것은 아쿠타가와의 도전이다. 그렇다면 그에게 질 수는 없다.

"저는…… 살 겁니다. 그리고 언젠가……."

아쓰시는 그 다음을 말하려고 했다. 말로 잘 할 수가 없었다.

손목시계를 움켜쥔 손 위에 살며시 손이 겹쳐졌다.

"지금은 그걸로 됐다." 모리의 목소리는 조용하고, 정다운 느낌을 줬다. "여기 있다가, 자네가 자네라는 다른 증거를 발견하면 나가면 된다. 그때까지 자네는 원생—— 아니, 아들이다."

아쓰시는 고개를 숙였다.

정체 모를 감정이 아쓰시의 가슴을 강하게 죄어왔다.

이 감정에는 뭐라 이름을 붙이지 못할 것 같다.

요코하마에 메마른 바람이 분다.

새벽바람에 아쿠타가와의 외투가 펄럭인다.

"아쿠타가와, 이런 곳에 있었나. 춥지 않아?" 오다가 사원 기숙사 지붕에 올라와 말했다. "업무 의뢰가 왔다. 우리를 지정했어. 무장 은행 강도 진압이라고 한다."

지붕 가장자리에 서 있던 아쿠타가와가 돌아보지 않고 대답했다. "범인의 숫자는?"

"180명."

"180?" 아쿠타가와는 무심결에 돌아보았다. "그것은 강도라기보다는 무장 점거가 아닌가. 은행 부지에 독립 국가라도 세울 작정인가?"

"나도 그렇게 생각해." 오다는 특별히 긴장한 기색도 없이 평범한 표정으로 말했다. "조폐 기능이 있는 정부 계열 은행이라서. 놈들의 목적은 지폐 원판과 인쇄기야. 그래서 우리한테 지명이 왔지."

"과연."

이제는 일대에서 두 사람을 모르는 자가 없다.

오다와 아쿠타가와 사제―― 속도와 치밀함과 압도적인 파괴의 힘을 겸비한 탐정사의 정예. 위험하고 폭주하기 쉬운 아쿠타가와를 오다가 정교하게 다루는 완벽한 전투 콤비. 시경찰도 군경도 그들의 실력에 커다란 신뢰를 품고 있다.

아마 이번 사건도 두 사람이라면 점심 식사 전까지 정리해 버릴 것이다.

"간다."

지붕에서 내려가려다, 오다는 아쿠타가와가 도시를 계속 바라보고 있다는 것을 알아챘다.

"왜 그래?"

아쿠타가와의 시선이 닿는 곳에 있는 것은 지평선까지 이어지는 끝없는 건물의 파도. 의지를 지니고 살고, 증식하고, 그리고 죽어 가는, 사람이 만든 도시.

아쿠타가와는 도시를 바라보며 눈을 가늘게 뜨고 말했다.

"이 세계가 한때의 그림자에 지나지 않는다 해도――."

"뭐야?"

"아니다." 아쿠타가와는 고개를 젓고 도시에서 시선을 거두었다. "아무것도 아니다."

이 세계가 한때의 그림자에 지나지 않는다 할지라도, 거기 있는 생명은 진짜다.

긴도, 나도, 탐정사도―― 그들을 생각할 때 느끼는 기묘한 답답함과 망설임도 전부 그림자인 것은 아니다. 확실하게 거기 있는 것이다.

긴의 처형은 피했다. 처음부터 처형당할 예정은 없었던 것이다. ……허나 사태가 수습된 후 긴은 모습을 감추었다. 나의 곁으로는 돌아올 수 없기 때문이다. 찾아야만 한다.

그러나 초조하지는 않았다.

혈안이 되어 찾아내 매달린다 해도 지난번과 마찬가지로 거절당할 뿐이다. 자신은 오빠의 곁에 있어서는 안 된다. 긴은 그렇게 생각하고 있다. 그 말을 부정할 것이다. 이번에야말로.

그런고로 나는 탐정사 사원으로서 살 것이다.

사건을 해결하고, 성과를 올리고, 약한 자를 구한다. 그리고 자신이 악이 아니라는 것을 증명할 것이다.

할 수 있을지 없을지는 모른다. 사실을 말하자면 그다지 자신은 없다.

그러나 미래는 아무도 모른다.

미래.

그리 머지않은 미래에 이 세계는 소멸할지도 모른다.

그러나 지금은 그때가 아니다.

짐승을 품고, 후회를 품고, 발버둥 치며 도망치려 해도 놓여나지 못하고, 그럼에도 피하기 힘든 소멸에 저항하며, 자기 자신을 얻기 위해 우리는 싸운다.

그 결과, 희색을 띠며 적을 도륙하는 턱이 피에 젖은 사악한 짐승을 발견할지도 모른다.

혹은 세계를 지키며 조용히 선, 수호자인 자신을 발견할지도 모른다.

어느 쪽인지는 알 수 없다.

그렇다면 시도해 볼 가치는 있다.

만약 탐정사 멤버들의 말대로 선한 자신을 발견해 낸다면.

그때 비로소 여동생은 나의 곁으로 돌아올 것이다.

그리고 어쩌면 언젠가, 평안을――.

여동생을 되찾고, 인생을 되찾고, 인간이 될 수 있는 그날까지.

주체하기 힘들 정도로 마음을 품은 개는, 짖고, 계속해서 달린다.

후기

오랜만입니다. 아사기리입니다. 오랜만의 소설판입니다.

본서는 작년에 공개된 극장판 애니메이션 『DEAD APPLE』의 1주차 관람객 특전으로 집필한 『BEAST —백의 아쿠타가와, 흑의 아쓰시—』를 토대로 한 소설입니다.

당시의 일을 떠올려 보면 의뢰 조건은 분명히 '아쓰시와 아쿠타가와의 이야기' 였습니다.(참고로 특전은 1주차와 2주차가 있고, 2주차는 '다자이와 추야의 이야기' 의뢰였습니다.)

아쓰시와 아쿠타가와의 이야기. 그 조건을 들었을 때 거의 10초 만에 이번 소설의 전체상이 완성되었습니다. 이 이야기—— 아쓰시와 아쿠타가와의 입장이 만약 서로 바뀌었다면——이라는 아이디어는 훨씬 전부터 머릿속에 있었던 것이기 때문입니다.

아쿠타가와가 탐정사이고, 아쓰시가 포트 마피아. 그렇게 되면 무엇이 바뀌나? 무엇이 바뀌지 않나? 일종의 사고 실험 같은 것입니다. 실험 장치를 조금씩 바꾸면서 노는 과학소년처럼 저는 머릿속에서 세계를 만들어내고 이 이야기의 플롯을 완성시켰습니다.

그러고 보니 의뢰를 받았을 때 또 하나의 조건으로 '50페이지 정도로' 라는 것이 있었습니다.

물론 의뢰인의 조건을 완벽히 클리어하는 것이 바로 프로. 저는 프로 작가의 프라이드를 가슴에 품고 제대로 마감을 지켜, 190페이지짜리 소설을 써냈습니다.

…….

아무도 저에게 불만을 말하지 않았습니다. 하지만 아마 제작 측은 상당히 힘들었을 거라고 생각합니다(원가라든지). 저도 극장에 가서 제가 쓴 특전을 받았는데, '특전 소책자라고 쓰여 있지만 이거 그냥 한 권짜리잖아.' 라고 생각했습니다.

참고로 2주차의 다자이 · 추야의 소설은 160페이지였습니다. 누군가 이 원작자의 머리를 망치 같은 걸로 좀 쳐야 할 것 같네요.

거기서 또다시 가필을 거쳐 이번 빈즈 문고판을 공개하게 되었습니다. 그래서 이 책은 몇 가지 장면과 심정 표현을 가필한 '완전판' 이 되었습니다. 극장 특전 버전은 영화 블루레이 및 DVD 특전에 들어 있으니 궁금하신 분은 비교해 보시기 바랍니다(즐기는 방법 중에서는 아주 드물 거라 생각하지만).

그런데.

평소에 저는 제가 쓴 것에 '이것이 테마' 라든가 '이렇게 생각해 달라' 는 주문을 하지는 않습니다. 작품으로 모든 것을 말해야 하고, 외부에서 이러쿵저러쿵 주석을 다는 것은 치사하다고 생각하기 때문입니다.

하지만 이번에는 그 룰을 깨 보려고 합니다.

이 소설을 읽고 당신이 무엇을 생각해 주셨으면 하는가.

그것은 무언가 조건을 하나 바꾸고 그로 인해 이야기가 어떻게 움직이는지 관찰하는 것이 매우 즐겁다는 사실입니다.

즉 실험입니다. 과학소년입니다. 예를 들어 만약 아쓰시가 여성이었다면? 만약 입사한 탐정사가 도산 직전이었다면? 혹은 탐정사가 아니라 신문사였다면?

교카보다 먼저 몽고메리와 만났다면? 추야도 다자이와 함께 탐정사에 왔더라면?

상상은 무한대입니다. 그리고 모든 가능성은 평등한 무게를 가지고 있습니다. 당신이 그렇다고 생각하면 그 세계는 거기 있는 것입니다. 그 다음은 마음 가는 대로 그 세계의 시간을 나아가게 하면 됩니다. 그때 당신은 '이쪽'의 인간이 되는 겁니다.

거기는 즐겁기도 하고 괴롭기도 하고, 하지만 결코 벗어날 수 없는 매력으로 가득한 세계.

우리 세계에 오신 걸 환영합니다.

마지막으로 편집자님, 작화 담당 하루카와 선생님, 극장판 애니메이션 스태프 여러분, 그리고 이 책을 집어 주신 모든 분들, 감사합니다. 다음 작품에서 만나요.

아사기리 카프카

Special Thanks

〈감수 협력〉

원작 · 각본 협력　아사기리 카프카

만화　하루카와 산고

감독　이가라시 타쿠야

각본　에노키도 요지

캐릭터 디자인 · 총작화감독　아라이 노부히로

본서는 2018년 개봉한 영화 『문호 스트레이독스 DEAD APPLE(데드 애플)』 개봉 1주차 관람객 특전 소설 「BEAST—백의 아쿠타가와, 흑의 아쓰시—」를 가필 수정한 것입니다.

아쿠타가와 코트는 아사기리 씨가 말하길
'소설 첫머리의 적에게 빼앗은 것을 복수심을 잊지 않기 위해 계속 입고 있다'
고 하므로, 받은 옷은 안에 입은 한 벌뿐입니다.
그렇다면 본편의 아쓰시와 매우 닮지 않았나 생각합니다.

아쓰시 최근까지 고아원에서 지냈던 과거가 없었더라면
그런 비대칭 머리 스타일이 되지는 않겠지 싶어서 머리 스타일의 실루엣을 바꾸었습니다.
그래서 약간 본편의 아쿠타가와 씨와 비슷한 스타일이 되지 않았을까 생각합니다.
심리적으로 목걸이는 가리고 싶을 것 같아서 겉옷도 안쪽도 목을 감추는 타입으로 했습니다.

교카 '암살업을 받아들였다는 것이 반영된 외모'로 요청을 받아서 실용성보다 내면을 반영했습니다.
현재 그녀에게 '살인'의 상징인 야차백설에 가깝게 했습니다.
머리카락도 좀 더 야차 같은 인상을 주었으면 싶어 이것저것 생각해 보았습니다.

긴 성별을 숨기고 있지 않으므로 화장을 했다는 것을 강조해 속눈썹을 약간 길게 그렸습니다.
삽화 플랜이 바뀌어서 보여드릴 기회가 여기밖에 없게 되었습니다.

다자이 모리 씨에 가까운 복장으로 요청받았습니다.
이쪽은 검은 외투에 소매가 있습니다.
가장 처음에 그린 러프라서 이 단계에서는 감추는 눈 위치가 본편과 같습니다.

추야 소설 내에 '정장'이라고만 나와 있어서 코트는 없습니다.
이쪽의 경우 안에 입은 셔츠만 붉은색입니다.
초기에는 '5명 이외에는 똑같아도 된다'고 들었지만
'오다 사쿠 외에는 전원 어딘가 다른 디자인으로 한다'는 현재의 방침에 정착했습니다.

문호 스트레이독스 BEAST

2019년 10월 25일 제1판 인쇄
2023년 06월 20일 제6쇄 발행

원작 아사기리 카프카 | **일러스트** 하루카와 산고 | **옮김** 박수진

펴낸곳 영상출판미디어(주)
등록번호 제 2002-000003호
주소 07551 서울특별시 강서구 양천로 570 NH서울타워 19층
대표전화 02-2013-5665

ISBN 979-11-6466-822-9
ISBN 979-11-319-4230-7 (세트)

BUNGO STRAY DOGS BEAST
©Kafka Asagiri 2019 ©Sango Harukawa 2019
First published in Japan in 2019 by KADOKAWA CORPORATION, Tokyo.
Korean translation rights arranged with KADOKAWA CORPORATION, Tokyo.

이 책의 한국어판 저작권은 영상출판미디어(주)에 있습니다.
저작권법으로 한국 내에서 보호를 받는 저작물이므로 무단 전재와 무단 복제를 금합니다.

구매 시 파손된 도서는 구매처에서 교환하실 수 있습니다.
기타 불편사항, 문의사항이 있으신 독자님께서는 노블엔진 홈페이지 [http://novelengine.com] 에서
Q&A 게시판을 이용해 주시기 바랍니다.

노블엔진(NOVEL ENGINE)은 영상출판미디어(주)의 라이트노벨 및 관련서적 브랜드입니다.